COLLECTION FOLIO

Julia Kerninon

Liv Maria

Gallimard

Julia Kerninon est née en 1987 à Nantes, où elle vit. Elle est docteure en littérature américaine. Elle s'est fait remarquer dès son premier roman, *Buvard* (2014), qui a reçu notamment le prix Françoise Sagan. Outre deux ouvrages autobiographiques, *Une activité respectable* (2017) et *Toucher la terre ferme* (2022), trois romans ont paru : *Le dernier amour d'Attila Kiss* (2016), *Ma dévotion* (2018) et *Liv Maria* (2020).

Pour ma famille.

Parce que les femmes sont merveilleuses. Elles peuvent tout supporter parce qu'elles sont assez sages pour savoir que tout ce qu'on doit faire en cas de malheur ou d'ennuis, c'est les traverser et faire surface de l'autre côté. Je crois qu'elles peuvent faire ça parce que non seulement elles refusent d'ennoblir la douleur physique en la prenant au sérieux, mais parce qu'elles n'ont aucun sentiment de honte à l'idée de se faire mettre hors de combat.

William FAULKNER, *Les Larrons*
(trad. de M.-E. Coindreau et R. Girard)
Gallimard, 1964

Mes parents font l'amour et je ne suis pas encore là.

Quand ils escaladent l'escalier de leur chambre, juste après le déjeuner, et qu'ils s'enfouissent sous les duvets de leur lit bateau, je regarde les mouvements de reins de mon père et je m'étonne qu'un homme d'un mètre quatre-vingt-dix et de cent vingt kilos puisse onduler comme ça. Seuls les petits pieds de ma mère dépassent du cadre de bois sculpté. Secrètement, je m'imagine que, la nuit, mes parents retrouvent la même taille, que la nuit ils sont égaux.

J'ai été voulue, je crois, appelée à tue-tête, mais je ne suis pas encore. Dans l'obscurité du ventre de ma mère, un spermatozoïde paternel, que j'aimerais imaginer comme un drakkar, mais que je sais au fond de moi se rapprocher plutôt d'un marsouin joueur, fend une eau onctueuse pour atteindre quelque chose de rond.

Et alors je commence à devenir. Bientôt, je serai vraiment moi.

Mon nom est Liv Maria Christensen.

Liv Maria avait cru comprendre un jour que l'union de ses parents était une source d'étonnement pour ceux qui les entouraient. Une fille de l'île avec un Norvégien, une fille d'ici avec un étranger, pour commencer. Cet homme grand et gros avec cette brindille, ce colosse plongé dans ses livres avec une tenancière de café – que pouvaient-ils bien avoir à se dire ? Liv Maria ne savait pas, elle non plus, elle savait seulement qu'elle les entendait murmurer jusque tard dans la nuit, discuter à bâtons rompus. Souvent, le soir, quand elle était petite fille, elle venait sans un bruit s'asseoir en haut de l'escalier de leur maison pour les écouter sans jamais parvenir à saisir le sens de ce qu'ils se disaient, comme s'ils avaient naturellement adopté un volume sonore qu'on ne pouvait décoder sans se trouver dans leur champ de vision. Alors elle restait sur sa marche en bois, tendant l'oreille, silencieuse, contemplant leurs ombres projetées par le feu sur le mur à côté d'elle, bercée par les chuchotements – le matin, pourtant, elle se réveillait magiquement transportée dans son lit bordé, et ni son père ni sa mère ne faisait aucun commentaire. C'était simplement la vie de famille.

Cette surprise que les autres manifestaient devant ses parents, Liv Maria la balayait sans une hésitation. C'était évident. Son père était un lecteur, et sa mère était une héroïne. Son père aimait les histoires, et sa mère était un personnage. Jane Eyre, Molly Bloom, Anna Karénine, et Mado Tonnerre dans son café, telle que son père l'avait vue pour la première fois, le jour où il y était entré pour passer le temps jusqu'à l'arrivée du ferry qui devait le ramener sur le continent. Thure Christensen était à l'époque un simple marin de commerce, une profession qu'il avait embrassée sans réelle conviction, embarquant à bord d'un porte-conteneurs comme sur sa propre vie, donnant corps à une métaphore le temps de se trouver lui-même. Il avait voyagé une semaine depuis Bergen, et puis le tanker avait fait escale dans la ville bretonne face à l'île. Il avait pris un ferry pour aller visiter, et après avoir arpenté les dunes et les criques, il avait rencontré la mère de Liv Maria dans le café-restaurant-épicerie que possédait depuis toujours la famille Tonnerre. *Mais c'était aussi une armurerie. J'ai demandé une tasse de café à ta mère, et elle, elle a poussé les boîtes de balles pour attraper le sucrier, et c'est là que je les ai vues, toutes ces boîtes, et je me suis demandé où j'étais tombé. Alors, c'était ça, la France ? Je venais de ce tout petit village en Norvège et je ne connaissais rien du monde. C'était mon premier indice sur les pays étrangers – ailleurs, les gens vendaient des munitions dans les salons de thé. J'essayais de comprendre ce qui était différent, en dehors de mon pays, et ce que j'ai vu en premier, c'était ça : des balles et de la porcelaine, et ta mère qui n'était pas encore ta mère.*

Liv Maria pouvait parfaitement imaginer Thure à vingt-deux ans, innocent, assis sur le tabouret de bois en attendant son café, voyant apparaître soudain devant lui Mado, hâlée, avec ses yeux perçants et ses cheveux bruns, figée dans la dernière seconde où il la contemple avant de l'aimer. Comme dans un tableau, son père avait vu sa mère ce jour-là entourée de ses attributs – la porcelaine du petit commerce et les balles destinées à la lande sauvage, la domesticité et la guerre,

Pallas Athéna avec sa chouette et son bouclier. Et peut-être qu'il avait su confusément ce qui l'attendait avec cette femme – un foyer tumultueux, un bonheur féroce et une fin tragique, mais jamais l'ennui.

Sur sa mère, son père avait dit deux choses distinctes que Liv Maria n'avait jamais oubliées. La première, un jour où ils la regardaient tous les deux sur la plage, courbée, cherchant des coquillages dans le sable : *La différence entre ta mère et les autres femmes – ou entre les femmes que moi, je connaissais à Namdalen – c'est la même qu'entre une pomme domestique et une pomme sauvage. Regarde-la. Elle est plus petite, plus dure, elle exige plus de subtilité pour être aimée. Mais elle est comme ça parce que rien ni personne ne la fait plier. Elle emprunte les chemins difficiles qui semblent être les seuls qu'elle connaisse, et c'est tout.* La deuxième chose, un soir où ils fêtaient tous les trois le treizième anniversaire de mariage des parents – sa mère était partie dans la cuisine chercher les petites cuillères pour manger le *kvaefjordkake* traditionnel, et son père s'était incliné légèrement vers Liv Maria pour lui chuchoter, les yeux embués : *J'ai eu de la chance qu'elle m'épouse, tu sais. Je n'étais vraiment rien du tout, à l'époque. Je suis arrivé ici sans prévenir, mes mains étaient vides, mon cœur était plein. Elle aurait pu trouver beaucoup mieux que moi. Elle le savait très bien. Elle m'a tout appris. Et elle m'a donné mon enfant. Pour ça, je lui suis éternellement reconnaissant.*

Liv Maria ne savait pas exactement ce qui s'était passé le premier jour, ni quel enchaînement de hasards et de choix avait décidé son père à démissionner de la marine marchande, et sa mère à faire une place sur son île exiguë, dans son cœur si souvent serré comme un poing, à ce jeune homme naïf qui ne parlait pas encore sa langue. Ce qu'elle savait, en revanche, c'est que deux ans plus tard, au printemps 1970, elle était née là, sur l'île. Ses jeunes parents l'avaient appelée Liv, un prénom qui signifie *vie* en norvégien, et Maria, parce que c'était la tradition insulaire de donner aux garçons comme aux filles le nom de la Madone pour les protéger de la noyade.

L'odeur du cou de son père, de ses mains, une odeur de sable mouillé et de sciure, d'épices, très intime. Les vêtements de son père. Ses chaussures. Ses objets de rasage dans la salle de bains, ses outils à bois dans la remise. Les équerres, les scies, les ciseaux, le chasse-pointe et les limes. L'huile de lin et la térébenthine. Sa moustache. Ses yeux bleu porcelaine, son accent norvégien. Il ressemblait un peu à Flaubert, mais en beaucoup plus beau, trouvait Liv Maria. Elle le lui avait dit un jour, exactement avec ces mots-là qui étaient les bons, et son père avait secoué la tête, désolé. *Tu ne peux pas dire une chose comme ça, Liv Maria. C'est tout de même Gustave Flaubert.*

Son père était un lecteur, et il avait fait de sa fille unique une lectrice. Sa mère lui apprendrait la dureté et le silence, ses oncles lui apprendraient la pêche et la conduite, mais d'emblée, le plus tôt possible, son père lui avait appris à lire.

Le soir, il venait s'asseoir au bord de son lit pour lui lire *L'Amour de la vie*, une nouvelle de Jack London, quand elle n'avait pas encore dix ans. London, Faulkner, Beckett, Hardy – c'était le genre d'histoires qu'il lui lisait, qu'il voulait porter à sa connaissance, à elle, une petite fille. Sa sélection brassait indifférem-ment livres pour enfants et livres pour adultes, si bien qu'il ne sembla jamais à Liv Maria qu'il existait de réelle frontière, non pas seulement entre ces catégories littéraires, mais entre ces deux états. Les contes de Grimm étaient très cruels, après tout, alors que Samuel Beckett, l'austère, le pessimiste dramaturge Beckett, avait écrit des pages si émouvantes sur les bis-cuits, dans *Murphy* – des pages dont le père de Liv Maria avait pressenti avec justesse qu'elles parleraient à un enfant, parce que leur pro-blématique (dans quel ordre manger les petits gâteaux, et pourquoi, et ce qu'impliquerait le changement) résonnait avec sa propre vie quo-tidienne. *Il dépaqueta les biscuits avec amour et les disposa, retournés, devant lui, sur l'herbe, dans l'ordre de ce qu'il tenait pour leur mangeabilité. C'étaient les mêmes que toujours : un pain d'épice, une rondelle rassise déguisée en galette, un Digestif pulvérulent, un Petit Beurre ni Lu ni Connu, et un dernier qui n'osait dire son nom. Il mangeait toujours le premier en dernier, parce qu'il l'aimait le plus, et l'anonyme en premier, parce qu'il l'estimait probablement le moins bon. L'ordre dans lequel il mangeait les autres lui était indifférent et variait de jour en jour.* Allongé dans l'herbe, Murphy envisageait soudain de bouleverser l'ordre de son goûter, et calculait qu'il disposerait alors de cent vingt séquences différentes. C'était une leçon précieuse sur la vie, cette histoire d'ordre et d'appétit, de régularité et d'audace, de soif de nouveauté. D'ailleurs, la nouvelle de London, elle aussi, se terminait sur une affaire de biscuits – de biscuits de mer, pour être exact, que le trappeur, après avoir cru mourir de faim, stockait sous sa chemise, dans sa couchette et à l'intérieur de son matelas, dans le bateau où il avait été recueilli après ses malheurs. Les dernières lignes de la nouvelle disaient : *Cela lui passa avant que la chaîne de l'ancre du Bedford ne grondât dans la baie de San Francisco.*

Là aussi, avait pensé Liv Maria, il y a une leçon : pas tant l'idée qu'on n'apprenait pas de ses erreurs, mais plutôt celle qu'il serait impossible de se protéger éternellement contre la vie elle-même. On ne pourrait pas faire l'économie de la part de risque que comportait l'existence. Dans la nouvelle, le protagoniste perdait tout ce qu'il avait, une chose après l'autre : son compagnon, sa poudre d'or et ses pépites. Il y avait beaucoup de souffrance dans cette histoire, une souffrance physique que Liv Maria ne pouvait qu'imaginer, et dont elle se demandait si son père, lui, l'avait vécue. Il y avait des larmes, des dents brisées, la peur des bêtes sauvages, la trahison, la faim, la fatigue, la folie, la perte progressive de l'espoir, l'incapacité pourtant à se coucher et à se laisser mourir. Liv Maria, qui n'était jamais complètement sûre de bien saisir la morale des contes de fées, comprenait bien l'histoire de Murphy et celle du trappeur aussi. Blottie dans son petit lit, en sécurité, elle écoutait gravement son père lui lire Beckett et London.

L'histoire préférée de son père était *Construire un feu – Parce que je suis norvégien*, disait-il. *Chez nous, le feu a toujours fait la différence entre vivre et mourir. Le feu, c'est-à-dire le bois*. Sur l'île, Thure était devenu menuisier, et après la littérature le bois était sa seconde divinité. Il aimait rappeler qu'en norvégien deux mots presque identiques signifiaient l'un *hêtre*, l'autre *livre* – *bok* et *bøk*. En anglais, c'était *beech* et *book*, en néerlandais *beuk* et *boek*, en allemand, *Buche* et *Buch*, le livre, ou *Buchstabe*, la lettre, qui voulait dire mot pour mot *bâton de hêtre*, parce que c'était l'outil qui avait servi à écrire les runes. Et même en français, disait son père, le *liber*, la partie intérieure de l'écorce, là où circule la sève, avait d'abord été utilisé pour fabriquer des cordes, avant de servir de support d'écriture, et ainsi donner naissance au mot *livre*. Les livres et le bois, le bois et les livres – c'était la même chose. C'était tout ce qui comptait. C'étaient les histoires que son père aimait. *Accroupi sur la neige*, récitait son père avec ferveur, comme Liv Maria aussi réciterait, plus tard, seule dans le noir, chaque fois qu'elle en aurait besoin, *il tirait des branchettes du fouillis de bois mort et les posait directement sur la flamme. Il savait qu'il ne pouvait risquer un échec. Quand il fait soixante-quinze degrés au-dessous de zéro, on ne peut pas échouer dans sa première tentative de construire un feu.* Son père, un homme ineffablement doux, rigoureux au travail, incapable d'ordre dans son foyer, éparpillant partout dans la maison les petites sculptures d'animaux qu'il taillait au couteau dans du bois flotté, les laissant traîner comme le ferait un enfant, et sa mère ramassant silencieusement les élans, les marmottes et les ours dans les poches de son tablier.

Tous les soirs, après que Thure avait souhaité bonne nuit à Liv Maria puis était sorti de la chambre avec ses livres sous le bras, sa mère venait à son tour. Elle s'asseyait au bord de son lit de bois et lui caressait les cheveux en l'appelant par une litanie de petits noms merveilleux – *Mon bol de lait*, murmurait-elle. *Mon merluchon. Ma peau douce.* Plus tard, beaucoup plus tard, Liv Maria penserait : *Elle était dure, elle était débrouillarde, elle était courageuse, mais une personne qui dit des choses comme ça, on ne peut pas dire qu'elle ne sache pas ce qu'est l'amour.* Contrairement à son père qui, lorsqu'il s'assoupissait dans son fauteuil devant le feu, chuchotait en norvégien dans son sommeil, sa mère était si silencieuse qu'il arrivait parfois que ces quelques mots doux soient les premiers et les seuls que Liv Maria entende sortir de sa bouche de toute une journée. Petite fille, elle se rappelait l'avoir regardée un jour à table comme si elle la voyait pour la première fois, et avoir subitement pris la juste mesure du fait qu'elle était un être humain singulier, que le hasard seul lui avait donné pour mère. Mado était l'aînée et l'unique fille d'une fratrie. De ses quatre frères – Olwen le patron pêcheur,

Hoël et Harn ses associés, Manech le policier – aucun n'était marié. Ils vivaient dans une ferme appartenant à la famille qu'ils avaient remise en état avant la naissance de Liv Maria, pour que Mado et Thure puissent s'installer dans l'ancienne maison avec leur bébé. Le matin, tous se retrouvaient pour le petit déjeuner dans la cuisine du café qui était le cœur battant du clan Tonnerre, une institution transmise sur des générations, et dont la propre mère de Liv Maria avait repris les rênes dès l'année de ses quinze ans. Chaque jour, elle se tenait là, gardant le café au chaud et l'eau bouillante pour le thé, les bras poisseux de sucre, préparant ses confitures et ses conserves, ses prunes à l'eau-de-vie qu'elle partait en bateau acheter au litre à un fermier de la côte, deux fois par an. Elle détestait le continent, elle détestait le ferry tellement fort qu'elle fermait les yeux tout le temps qu'elle était à bord, debout sur le pont comme une reine. Après, quand Liv Maria la regardait de loin revenir à pied sur la dune avec ses quatre frères qui, les bras ballants, l'encadraient exactement comme un attelage de chiens de traîneau, c'était merveilleux à regarder, merveilleux de savoir confusément que cette femme-là, solide, libre, respectée, marchant si droit sur le sable avec son énorme bocal d'alcool fort dans un panier, était sa mère.

Dès ses quatorze ans, doigts serrés sur le volant, vitres grandes ouvertes, Liv Maria parcourait l'île dans une vieille Volvo. Tous les jours, elle faisait rugir son moteur sur les petits chemins quadrillant les prés, tournant la tête juste un instant au sommet des côtes pour apercevoir la mer, partout autour. C'était parfaitement illégal, évidemment, mais ça ne posait aucun problème à l'époque parce que le seul policier de l'île était son oncle Manech – encore que Liv Maria se soit parfois demandé si cette histoire était vraie, ou s'il prétendait être policier pour son seul bénéfice à elle, pour jouer. Quand il l'arrêtait, à l'occasion, d'une seule main sur le capot, il se contentait d'éteindre l'autoradio et de vérifier que sa ceinture était attachée, et il lui donnait un baiser sur le front – un baiser si tendre que la première fois de sa vie qu'un inconnu lui avait mis une amende pour dépassement de vitesse, des années-lumière plus tard, sur une route perdue en Uruguay, elle avait pleuré d'incompréhension. L'homme lui avait essuyé la joue avec sa manche pleine de poussière, et c'était peut-être à ce moment-là seulement qu'elle avait compris combien les conditions particulières dans lesquelles elle avait grandi l'avaient laissée parfaitement ignorante de certaines choses capitales. Quand elle était enfant sur l'île, pendant longtemps elle n'avait pas vu beaucoup plus loin que l'embarcadère où elle allait chercher sa mère, de retour après sa virée de courses sur le continent. C'était pour ça qu'on lui avait appris la conduite, à l'origine. Un de ses oncles avait estimé que ce serait pratique, alors, dès qu'elle avait dépassé le mètre cinquante, il l'avait emmenée dans les chemins déserts du centre pour l'entraîner. Très vite, Liv Maria s'était mise à transporter tous ceux qui le voulaient d'un bout à l'autre de l'île – ses oncles, sa mère, son père, mais aussi les vieux qui avaient mal aux pieds et les petits garçons égarés dans les champs de blé, qui surgissaient de la masse dorée pour attendre son passage. Conduire la rendait heureuse, comme pêcher. Elle savait qu'ailleurs des filles avaient peur de se promener seules et que cette peur était justifiée – comment elle le

savait, cela elle ne pouvait se le ra
elle n'avait personne à craindre
parce que c'était plutôt elle qu
Parce qu'elle était la fille de sa mère et la
cendante de cette grande famille d'insulaires qui, de toutes les façons, avait toujours fait la loi ici. Même quand elle était enfant, elle était une enfant Tonnerre et les gens l'avaient respectée. À cause du café, à cause de sa mère, à cause de ses quatre oncles aux mains gigantesques, à cause de son père étranger à l'accent chantant. La richesse du monde l'émerveillait, son monde débordant de collines, d'eau salée et de moutons qui se tordaient le cou pour la regarder passer, à travers le nuage de poussière qui la suivait sans jamais la rattraper. C'était sa vie et elle en était pleinement satisfaite.

À quatre heures, le matin, si la marée était haute, elle enfilait son ciré et ses waders et elle allait pêcher avec ses oncles pour le petit déjeuner avant de partir à l'école. Trois de ses oncles prétendaient qu'elle n'avait pas besoin de cuissardes dans la mesure où elle ne s'avançait jamais profondément dans l'eau, mais c'était un cadeau du quatrième, et Liv Maria se sentait merveilleusement bien, cuirassée de néoprène. Des années plus tard, longtemps après avoir abandonné la pêche de son propre chef, elle ressentirait encore parfois manque, comme un membre amputé. De retour au café, elle dévorait sa part du butin – poissons, coquillages, oursins – et elle se mettait en route pour l'école, les doigts encore collants de friture, les cheveux raidis de sel.

L'école, pour y arriver, il fallait prendre le ferry, et elle pouvait regarder la mer en entier tant qu'elle voulait. Après, il fallait rester assise pendant toute la journée, mais elle se consolait en pensant à ses casiers qu'elle irait relever dans la soirée, ou en dessinant des cartes de ses coins à coquillages préférés. Ce n'était pas simplement une diversion pour supporter l'ennui ou l'immobilité – c'était sa vie. Au lycée, quand le conseiller d'orientation l'avait convoquée dans son bureau pour l'interroger sur ce qu'elle comptait faire plus tard, Liv Maria avait répondu : *Pareil.*

Mais ça ne s'était pas passé comme ça.

À la fin du printemps de l'année de ses dix-sept ans, un soir pluvieux, alors qu'elle revenait en voiture de l'autre extrémité de l'île, un homme qui marchait au bord de la route sous l'averse lui avait fait signe dans la lumière des phares. Elle s'était arrêtée comme elle s'arrêtait toujours et elle avait baissé sa vitre.

— Bonsoir, avait dit l'homme dans l'obscurité. C'est toi, Liv Maria ?

L'homme était arrivé sur l'île depuis peu – c'était le beau-frère d'un voisin, un continental venu là pour aider à des travaux sur une ferme à deux kilomètres de chez elle. Il parlait à voix basse. Il était trempé. Liv Maria avait dit :

— Vous voulez que je vous dépose ?

L'homme avait souri pour acquiescer, et il avait ouvert la porte pour monter sur le siège passager. Il sentait la laine mouillée et la sueur. Il s'était assis les deux paumes serrées entre les genoux, et il n'avait plus rien dit. Liv Maria ne parlait pas non plus, elle écoutait une cassette sur l'autoradio. Elle pensait à l'ami chez qui elle venait de se rendre, aux petits messages que celui-ci lui avait transmis pour son père. Elle pensait à l'été qui arrivait, à la fin des cours, à la sortie en mer qu'elle avait prévu de faire avec Harn et Hoël le lendemain, si le temps s'améliorait.

Elle ne s'était pas aperçue qu'il était aussi tard. Elle devait se concentrer pour distinguer la route devant elle. Dans le noir d'encre, elle percevait la respiration légèrement sifflante de l'homme et son odeur. Elle avait fait un mouvement machinal pour repousser quelque chose qui semblait être tombé sur son genou dans un virage, et sa main avait touché une autre main.

Liv Maria avait sursauté. La main s'était immédiatement déplacée, prestement, comme un petit animal malfaisant, de son genou à sa cuisse, puis plus haut, encore plus haut, tandis qu'une autre main s'écrasait sur son cou.

— Garde les yeux sur la route, avait dit l'homme penché sur elle.

Elle ne voyait que ses dents. La main sur le cou l'immobilisait et étranglait les sons dans sa gorge, tandis qu'elle sentait l'autre main qui frottait durement le tissu de son pantalon, détachant le bouton, tirant sur la fermeture éclair. La respiration était devenue plus saccadée.

Liv Maria avait voulu crier, mais sa voix était restée coincée dans sa bouche. Son pied se déplaça vers la pédale de frein, puis reprit sa place initiale. Elle devinait confusément que le seul avantage qu'elle avait sur l'homme, c'était la maîtrise de la vitesse, et que sa situation ne pourrait qu'empirer si elle s'arrêtait de rouler. Elle ne savait pas exactement ce qu'elle devait craindre, elle savait seulement que les choses étaient en train de mal tourner. Elle avait pris une grande inspiration. Concentré son attention sur la ligne noire de la route, sur la musique familière sortant absurdement de l'autoradio.

La main lâcha son cou, descendit jusqu'à son tee-shirt pour empoigner un de ses seins. Un grognement. La main entre ses jambes continuait de s'agiter.

— Aaah, laissa échapper l'homme dans le noir. Aaaah. Aaaah. Je vois que tu aimes ça.

En haut d'une colline, la lueur d'un phare lui indiqua sa position. Elle n'était plus qu'à quelques minutes de la maison de ses parents. L'homme n'avait pas semblé réagir. Elle parcourut les deux derniers kilomètres, le regard fixe, s'efforçant de lui rendre les choses difficiles, à défaut de parvenir à se dégager. Arrivée dans la cour à l'arrière du café, elle tourna et freina net. L'homme, qui était à genoux sur son siège, courbé au-dessus d'elle comme un oiseau pour mieux la toucher, perdit brusquement l'équilibre. Sa tête vint cogner le tableau de bord avec un bruit sourd. Il jura.

Liv Maria sortit de la voiture en courant et entra dans la maison.

— Liv Maria ! cria sa mère. Qu'est-ce que…

Le son mourut sur ses lèvres. Pendant une fraction de seconde, elles se regardèrent – sa mère debout dans la cuisine devant un tas de crabes qu'elle nettoyait, les yeux écarquillés, les mains suspendues dans les airs, et Liv Maria essoufflée, haletant dos à la porte, les joues brûlantes, le col de son tee-shirt déchiré, son pantalon ouvert.

Puis il y eut le bruit des ustensiles chutant sur le plan de travail et les petits pas de Mado à toute vitesse, son visage tendu devant celui de Liv Maria, mâchoires serrées :

— Qui t'a fait ça ? Qui ?

— L'homme. Dans ma voiture. Dehors, souffla Liv Maria.

D'une main, sa mère la poussa pour ouvrir la porte et sortir. Elle l'entendit crier dans la cour, puis revenir se planter devant elle.

— Il n'est plus là. C'est qui ?

— Le beau-frère. (Liv Maria secouait la tête.) Tu sais. Celui qui est arrivé chez les voisins.

— Qu'est-ce qu'il t'a fait ?

— Seulement ça, dit Liv Maria, montrant ses vêtements froissés, soudain épuisée.

— Ne dis jamais ça, avait sifflé sa mère brusquement, sans la regarder. Ne dis jamais : *seulement.*

Ces deux phrases, Liv Maria y repenserait toute sa vie. Et le visage de sa mère, interdit, se mordant les lèvres – comme si elle s'apprêtait à lui dire encore autre chose.

Mais à ce moment-là, son père descendit l'escalier. C'est quand elle vit son regard et les larmes dans ses yeux qu'elle se mit à pleurer elle aussi. Son père vint la prendre dans ses bras et la serra de toutes ses forces. Il sanglotait. Elle l'entendait confusément murmurer dans son oreille des petits mots en dialecte norvégien. Elle avait serré son père contre elle. Par-delà son épaule tremblante, elle regardait sa mère, et sa mère la regardait.

Cinq ans plus tard, à des milliers de kilomètres de là, dans une tout autre vie, au beau milieu d'une nuit pleine d'étoiles, elle essaierait de raconter ce moment à son amant, et quand elle aurait fini il dirait, allongé sur le dos, les mains croisées derrière la nuque :

— Je ne comprends pas, chica. Je ne comprends rien du tout à ce que tu me racontes. Pourquoi ton père n'est pas allé voir cet homme ? Pourquoi est-ce qu'il ne l'a pas tué ?

Liv Maria penserait, *parce que mon père n'était pas ce genre d'homme*, mais elle ne dirait rien, connaissant d'avance la réponse sans appel de son amant : *Ce n'est pas une question de genre d'homme. Pour ces choses-là, c'est simplement : être un homme ou pas*. Mais ce n'était pas une affaire qui s'était réglée entre hommes, précisément – c'était une histoire qui, à tort ou à raison, s'était réglée sans eux, dans la grande tradition matriarcale de l'île, mais aussi et surtout la grande tradition patriarcale du monde qui fait du viol une affaire de femmes.

Tôt le lendemain matin, Mado était entrée dans la chambre de Liv Maria pour lui annoncer qu'elle allait partir immédiatement. *Partir ?* avait balbutié Liv Maria, stupéfaite. *Quitter l'île*, avait répondu sa mère implacablement. Quand Liv Maria avait entendu son père étouffer des sanglots derrière la porte, les larmes lui étaient montées aux yeux aussi. Elle avait eu envie de demander, *Mais mes casiers ? Et mes oncles ? Et vous deux ?* Pourtant elle n'avait rien dit, et c'est ainsi qu'elle avait été éloignée, envoyée ailleurs – dans le seul endroit au monde, la seule ville, avait-elle compris plus tard, qui pouvait apparaître confusément comme une île à sa mère – Berlin, en 1987.

Sur les cartes, la ville apparaissait comme un point, en haut à droite, perdue dans une immensité rouge. À gauche, il y avait d'autres aplats de couleur, généralement agrémentés de drapeaux américains, anglais et français, et leurs couleurs se retrouvaient aussi dans le tout petit point, comme si les pays avaient envoyé là-bas des émissaires qui n'étaient jamais revenus, retenus par une inimaginable chute de neige vermeille. Vingt-six ans plus tôt, un mur avait été construit pour colmater ce qui semblait être une terrible brèche par laquelle les habitants de la partie rouge de la ville s'enfuyaient en masse vers la petite île tricolore, d'où ils rejoignaient ensuite l'une ou l'autre des grandes zones colorées de l'Ouest. Bonde métallique retirée au fond de la baignoire. Postes-frontières, points de passage comme des ports ou des jetées – Invalidenstrasse,

Friedrichstrasse, Heerstrasse, Staaken, Stolpe, Oberbaumbrücke, Sonnenallee. Avec la construction du Mur, Berlin était devenue plus insulaire encore, un lieu immobile, un visage figé posant pour la photo, une vitrine, sans réelle activité économique, sous perfusion, militarisée, libertaire, une société sous contrôle, mais incontrôlable. Une île, en effet.

À Berlin vivait alors Bettina Christensen, la sœur de Thure, et c'était chez elle que Mado avait décidé d'envoyer Liv Maria. Est-ce que c'était parce que cette ville inconnue lui apparaissait comme un terrain neutre ? Ou parce que Bettina était mère de deux enfants, et que ce fait avait permis de présenter la venue de Liv Maria sous la forme d'un séjour inopiné de *jeune fille au pair* ? Ou bien était-ce la jeunesse de Bettina qui avait fait pencher la balance en sa faveur, avec l'espoir que la véritable raison de la visite de la jeune fille – que Mado ne lui avait pas livrée, mais dont il fallait imaginer qu'elle puisse être amenée à la connaître dans les mois qui suivraient – serait quelque chose qu'elle saurait encaisser et considérer mieux que ne le pourraient jamais les paysans norvégiens vieillissants qui composaient l'essentiel de la famille Christensen, enfouis dans leurs forêts d'épicéas ? Pourquoi Bettina ? Toute sa vie, Liv Maria ne pourrait formuler que des suppositions à ce sujet, parce qu'elle n'avait pas posé la question à sa mère. Pourquoi Berlin ? Les années passant, une autre question, plus troublante encore, viendrait se superposer à la première jusqu'à l'oblitérer. Ce n'était pas la destination qui formait le cœur du mystère, mais le départ lui-même – pourquoi cette décision soudaine, ce besoin irrévocable de l'envoyer loin de tout ? *Quelque chose de terrible aurait pu se dérouler dans cette voiture*, estimait Liv Maria, *pourtant, finalement, ça n'a pas vraiment eu lieu, n'est-ce pas ?* À l'époque, jeune, fataliste, respectueuse de sa mère, elle avait pensé qu'un élément de danger devait lui échapper, et puis en grandissant elle avait commencé à soupçonner que l'indice qui lui manquait ne concernait pas tant l'agression dont elle avait été victime, mais précisément sa mère elle-même. Sans quoi, elle ne comprenait pas le besoin qu'avait eu celle-ci de l'éloigner instamment, sans discussion. À défaut d'abattre l'homme, il aurait sans doute été possible d'aller lui parler, de l'effrayer, ou de prendre certaines mesures de sécurité n'impliquant pas de littéralement l'extrader dans un autre pays. L'envoyer à Berlin si brusquement semblait une réaction démesurée par rapport à l'événement, une précaution que rien ne paraissait justifier si l'on s'en tenait aux faits, mais dont le sens commençait à s'éclairer quand Liv Maria repensait aux yeux alertes de sa mère, à ses silences obstinés, ses paniques sourdes, sa façon de toujours sursauter quand on entrait silencieusement dans la pièce où elle se trouvait, à la pression dure de sa main autour de la sienne quand elles étaient les deux seules filles dans le café. Liv Maria n'avait jamais pensé à sa mère comme à quelqu'un qui pouvait avoir peur – une femme aussi énergique, entourée de tant de frères aimants, qui avait géré seule, à l'adolescence, un débit de boissons, tenant la dragée haute aux buveurs – mais, les années passant, sans vouloir ni pouvoir creuser davantage cette idée, elle était tout de même arrivée à accepter cette hypothèse douloureuse : c'était à sa mère qu'il était arrivé quelque chose, un jour, quelque chose que la mésaventure de Liv Maria avait ravivé, réveillé violemment, et c'était pour la protéger de cette chose contre laquelle elle-même n'avait pu être protégée autrefois qu'elle avait mis toutes les chances de son côté en l'expédiant sans appel à Berlin. Dans sa vie, un jour, Liv Maria saurait cela avec certitude. Pas plus qu'il n'est bon de sous-estimer sa mère, il ne faut jamais la surestimer.

Âgée de trente ans à peine, Bettina était l'unique sœur de Thure. Elle vivait avec son mari et leurs deux petites filles dans un appartement à proximité du Tiergarten, dans le district d'occupation britannique. Son mari, Daniel, un Allemand, travaillait à la rédaction du *Berliner Morgenpost*. Bettina l'avait rencontré lorsqu'elle était venue à Berlin en tant que traductrice. À l'inverse des deux parents si mal assortis de Liv Maria, du moins en apparence, Daniel et Bettina auraient pu être jumeaux : identiquement grands et solides, émotionnellement stables, similaires jusqu'à la nuance particulière de leurs cheveux, un châtain auburn dont une seule enfant, la cadette, avait hérité, tandis que l'aînée arborait une teinte de brun presque arrogante en comparaison. Tous avaient des taches de rousseur.

Les responsabilités dévolues à Liv Maria en

sa qualité de jeune fille au pair consistaient à baigner les filles, surveiller leurs devoirs, jouer avec elles et veiller tard les soirs où Daniel et Bettina se rendaient à des dîners entre amis. Les week-ends d'été, lui avait expliqué sa jeune tante, ils partaient le plus souvent dans la maison que possédaient les parents de Daniel à Wannsee, où Liv Maria pouvait les accompagner si elle le souhaitait, à moins qu'elle ne préfère demeurer seule en ville pendant leur absence. À peine débarquée, dépaysée, elle avait ressenti un frisson d'angoisse à l'idée de se déplacer encore, de se mettre à la merci d'un nouveau paysage, en ce moment où tout lui manquait. Cherchant les mots appropriés dans son norvégien rudimentaire, elle avait répondu à Bettina qu'être seule lui ferait sans doute du bien, pour s'acclimater, et Bettina avait acquiescé en souriant.

Une chambre avait été aménagée pour elle dans la pièce qui leur servait jusque-là de bibliothèque et de bureau, et elle dormait au milieu des livres. Il y avait un lit, une table et un petit fauteuil contre une fenêtre qui donnait à l'angle sur les arbres du Tiergarten – l'appartement était au quatrième étage, et quand Liv Maria regardait dehors, elle pouvait s'imaginer sans peine occuper une cabane au cœur d'une forêt profonde.

C'était la fin du mois de juin. Les cours au lycée français ne commençaient qu'en septembre, mais Bettina, à la demande de Mado transmise par Thure, avait déniché pour Liv Maria un cours d'été, cinq jours par semaine.

— Ta mère a dit que ça te ferait du bien d'être occupée, avait dit Bettina à Liv Maria en lui tendant une tasse de thé.

— Occupée à quoi exactement ?

— C'est un cours d'anglais. Avec un vrai professeur anglais.

— Mais je parle *déjà* anglais, avait protesté Liv Maria. Je suis des cours d'anglais depuis la sixième.

— Et tu es bonne ? avait demandé Bettina.

— Je crois. J'ai de bonnes notes.

— Et tu parles allemand aussi ?

— Un peu. C'est ma deuxième langue au lycée. Mais je m'en sors.

— On dirait. Et Thure t'a appris le norvégien ?

— *Litt*, avait dit Liv Maria. Un petit peu seulement. Je ne le parle pas très bien. On parle français à la maison. Ma mère ne comprend pas le norvégien.

— Je sais, avait simplement répondu Bettina.

Elles avaient toutes les deux plongé le nez dans leur tasse, timidement. Elles faisaient connaissance, elles ne s'étaient jamais vues avant.

— Si, avait dit Bettina joyeusement, moi, je t'ai vue, mais tu étais encore un bébé, alors tu ne t'en souviens pas. C'est maintenant que nous nous rencontrons pour de bon, et je suis contente.

Après avoir reposé sa tasse, elle avait remarqué :

— On dirait que ta mère t'a envoyée ici pour que tu apprennes à parler le plus de langues possible. Ou peut-être juste pour que tu apprennes à parler.

En prononçant cette dernière phrase, elle avait fixé Liv Maria. Elle ne lui avait pas demandé la véritable raison de sa venue ici, mais elle avait dit ça, et elle l'avait regardée en face. Liv Maria avait chuchoté :

— Je ne sais pas. Elle ne parle presque pas, ma mère.

— Oui, je sais ça aussi, avait répondu Bettina. Mais on dirait qu'elle a d'autres ambitions pour toi.

Le professeur n'était pas anglais – il était irlandais. Ce fut presque la première chose qu'il annonça, en entrant dans la petite salle qui leur avait été attribuée à la Freie Universität. Après quoi, il dit beaucoup, beaucoup d'autres choses, comme un torrent de mots sous lesquels il les noyait, décrivant son voyage depuis Cork, exprimant l'effet terrible de la chaleur continentale sur sa peau fragile, tirant sur sa chemise pour leur montrer les auréoles de sueur qui étaient apparues simplement en quelques mètres de marche à l'air libre, décrivant sa surprise en découvrant la ville, la largeur des rues, la hauteur des immeubles, des arbres, les imprévus qui l'avaient retenu avant son départ, ses ambitions éducatives pour l'été, son curriculum vitae, et tandis qu'il parlait Liv Maria le regardait sans savoir quoi penser de cet homme petit, musclé, au visage mobile, vêtu comme il était ce jour-là d'une chemise de coton pâle, remontée sur ses avant-bras aux poils dorés, et d'un pantalon de rayonne, ses cheveux noirs et sa voix, caracolante, suivant les mots qu'il traçait à la craie sur le tableau noir. Ses claquements de langue, ses hésitations, ses pas craquant sur le sol parqueté, tout un monologue enjoué et chaleureux, clos à la fin simplement sur son nom : *Herr Doktor Fergus O'Shea*.

Dans les années qui suivraient, Liv Maria s'efforcerait de revenir en mémoire dans cette salle de classe, pour revoir le professeur comme elle l'avait vu ce jour-là. Des dizaines de fois, elle fermerait les yeux et essaierait de retrouver l'odeur de la salle, ses impressions, son jugement, son intuition. Qu'avait-elle perçu de lui, alors ? Avait-elle senti, d'emblée, ce qui s'annonçait à l'horizon – quand il était entré dans la pièce, quand il avait parlé ? Que saisissons-nous des gens, la première fois que nous posons les yeux sur eux ? Leur vérité, ou plutôt leur couverture ? Leur vernis, ou leur écorce ? Avons-nous à ce moment-là une chance unique de les percer à jour, ou est-ce que cet espoir est absolument vain, parce que le premier regard passe toujours à côté de ce qui est important ? Elle avait beau chercher, seul subsistait dans sa mémoire le visage flou d'un homme adulte, à la quarantaine vigoureuse, un professeur qui ne lui était rien.

Après le troisième cours, alors qu'elle était en train de ranger ses affaires, le professeur s'était approché d'elle, son cartable à la main, et il avait chuchoté :

— Vous comprenez tout ce que je dis, n'est-ce pas ?

— Oui, avait répondu Liv Maria. Je crois.

— Même avec mon accent ?

Je suis habituée aux accents, avait répondu Liv Maria en silence dans sa tête, pensant à son père.

— Oui. Votre accent n'est pas très compliqué, je trouve.

— Vous êtes bien la seule, dans cette classe. Vous avez vu comment ils me regardent ? Mais vous, vous comprenez tout ce que je dis.

Lorsqu'il l'avait répétée une deuxième fois, fugacement, la phrase avait semblé avoir un deuxième sens, plus profond. *Vous comprenez tout ce que je dis*. C'était un peu comme ça que ça avait commencé.

Ils étaient sortis de la classe puis du campus. Personne n'avait semblé faire attention à eux. Ils s'étaient mis à marcher tous les deux en direction de la station de Dahlem-Dorf, et à ce moment-là il avait dit quelque chose comme :

— Moi, en revanche, je ne comprends absolument rien, ici.

À part son titre – *Herr Doktor* – qu'elle ne l'avait jamais entendu énoncer qu'avec une joie extrême, il ne parlait pas un mot d'allemand. À l'époque, Liv Maria ne comprenait pas pourquoi on l'avait envoyé là, d'ailleurs, malgré ce réel handicap. Il lui dit plus tard qu'il avait au départ été affecté en Italie, puisqu'il parlait italien, mais qu'il avait accepté d'échanger son poste au dernier moment avec un collègue que ça arrangeait, et peut-être aussi qu'après tout, avait-il précisé, quelqu'un dans l'administration avait pu considérer que son ignorance était non pas un *handicap* mais un *avantage*, parce qu'alors il serait obligé de ne s'adresser qu'en anglais à ses élèves. Mais cela aussi, tout cela, c'était un mensonge qu'elle mettrait des années à dénoncer.

— Vous, vous comprenez l'allemand ?

— Un petit peu, avait admis Liv Maria.

— Mais vous n'êtes pas allemande, n'est-ce pas ?

En quelques phrases, timidement, elle lui

avait expliqué sa situation – sa mère insulaire, son père norvégien, son séjour chez Bettina, le projet de rester à Berlin au moins jusqu'au printemps suivant.

— Depuis combien de temps êtes-vous là ?

— Une semaine.

— Vous apprenez vite. Vous êtes jeune. Vous avez grandi entre deux langues, dans ce domaine, vous êtes une sorte de voyageuse au long cours.

— C'est pourtant mon premier vrai voyage, avait soufflé Liv Maria, sans savoir s'il l'avait entendue.

Mais il l'avait entendue. Quand ils étaient arrivés à la station, le professeur s'était penché presque imperceptiblement vers elle et ce mouvement l'avait fait dévier sur sa droite, sur la Königin-Luise-Strasse. Surprise, elle n'avait pas osé protester, si bien qu'ils étaient maintenant au jardin botanique. Face à la grande serre, il avait demandé :

— Mais comment faites-vous ? Expliquez-moi. Quel est le truc, pour comprendre cette langue, l'allemand ?

— Les verbes, avait répondu Liv Maria. Il faut vous accrocher aux verbes. C'est le plus important ici. C'est pour ça qu'ils les placent toujours à la fin des phrases, pour qu'on soit obligé de les écouter avec attention jusqu'au bout. Et si vous prononcez les verbes anglais avec l'accent allemand, vous verrez que ce sont les mêmes. Pas tous, mais presque.

— Qu'est-ce que vous voulez dire ? avait demandé le professeur en penchant la tête vers elle. Quel verbe, par exemple ?

Dans la serre où il l'avait fait entrer, devant les plantes carnivores et les orchidées, elle lui indiqua une pancarte du doigt :

— Là. Regardez. *Berühren verboten. Verboten*, c'est comme *forbidden.* Si vous le dites avec un accent plus dur. *Forbidden. Verbieten. Verboten.* Vous comprenez ?

— Oui, répondit-il en plongeant les yeux dans les siens. Ça veut dire : *Interdit de toucher.*

Le lendemain, après la fin du cours, il s'était approché d'elle. Une nouvelle fois, ils avaient conversé en marchant ensemble jusqu'au jardin. Sur un banc où ils étaient assis côte à côte au soleil, il lui avait parlé d'Homère et de Cromwell, de Shakespeare et de Yeats, citant quelques vers à la volée, dans son élément, charismatique. Fascinée, elle l'écoutait. Quand il s'était tu, son silence l'avait rendue un peu nerveuse, et elle avait cherché quelque chose à dire, un petit présent à lui faire à son tour, en échange de sa volubilité. Elle avait chuchoté :

— Mon père me lisait Faulkner, quand j'étais à la maison.

— C'est vrai ? s'était exclamé Fergus apparemment ravi. Tu veux dire, il te lisait Faulkner à voix haute ? À une petite fille ?

Liv Maria n'était pas sûre d'avoir vraiment été, sur l'île, une petite fille au sens où Fergus semblait l'entendre. Mais après tout, c'était le genre de sujet sur lequel aucun d'eux n'avait envie de s'appesantir – parce que si elle était bien une petite fille la dernière fois que son père lui avait lu Faulkner, comment imaginer qu'elle n'en était plus une à présent, à peine deux semaines plus tard ? Et si elle était une petite fille, que faisaient-ils à parler sur ce banc, le professeur et elle ?

Liv Maria l'avait vu comprendre avec juste quelques secondes de décalage, et pour le sauver, pour se sauver elle aussi, peut-être, elle avait immédiatement refermé cette porte pour reprendre le fil de la conversation d'origine.

— Oui. J'adorais ça. Mon père dit que, quand on commence à lire un roman de Faulkner, on ne comprend rien. Les phrases se déroulent autour de nous, comme des lianes, on regarde pousser une végétation dense, exotique, sombre, dans laquelle on avance à tout petits pas, sur nos gardes, et on est capable de voir la beauté des phrases, on devine qu'il y a quelque part derrière une chose immense qui se prépare, mais pendant au moins une bonne centaine de pages, on est juste là, dans cette jungle, dans ce silence. Et puis, d'un coup, presque, la scène *s'illumine*. D'une page à l'autre, on saisit ce qu'on est en train de lire, et qui nous avait échappé jusque-là. On s'aperçoit que depuis le début on a enregistré à notre insu des informations capitales, et que ce sont elles qui nous permettent de comprendre à présent.

Elle avait dit tout ça d'une traite, en parlant de plus en plus vite, émue malgré elle d'entendre la voix adorée de son père, et de se remémorer sa pensée malicieuse, ici, à Berlin.

— Ce que j'aimais, avait repris Liv Maria, c'était cette idée d'un monde incompréhensible dont on recevrait dès les premiers pas le code, mais qu'on ne serait capable de déchiffrer qu'un peu plus tard.

Fergus l'avait regardée.

— De plus en plus subtil, avait-il commenté.

Un peu plus tard, au cours de terribles nuits sans sommeil, Liv Maria se rappellerait cette conversation comme elle se rappellerait aussi tout le reste et elle penserait : *Je ne savais pas ce que je disais. Je ne savais pas. Je ne saisissais pas la sagesse de mes propres phrases. Je ne savais rien.*

Se retrouver à la fin du cours était devenu une habitude jour après jour. Après tout, ils avaient une grande chose en commun : ils étaient loin de chez eux, et ils étaient seuls.

C'était d'abord ça qui les avait rapprochés, l'adolescente déracinée et le père de famille exilé le temps d'un été. Dès le départ, Fergus lui avait parlé la langue des livres, qui était une langue qu'elle connaissait, et cette langue commune avait aplani leurs autres différences. Un parfait étranger. Il lui était pourtant apparu profondément familier, puisqu'il parlait des mots derrière les mots. C'était sa solitude qui l'hameçonnait, sa disponibilité, et aussi quelque chose qui avait à voir avec le fait de fréquenter un adulte pour la première fois, dans le sens de : quelqu'un qui avait des histoires à raconter. Elle, elle n'avait pas encore d'histoires, ou bien elle n'avait pas encore appris à les raconter – c'était ce qu'elle pensait à l'époque. Avec Fergus, ça avait été comme d'ouvrir un coffre à trésor, ou pousser une porte sur un monde plus riche, plus subtil. Tout ce qu'il avait à lui raconter était nouveau, et pourtant leur amour des langues leur offrait comme de petits ponts de corde, légers, périlleux, qui leur permettaient de se rejoindre et de se toucher.

L'anglais qu'elle avait acquis durant ses années de lycée était comme ces nécessaires de voyage où tous les petits accessoires sont attachés par des élastiques – ciseau, lime à ongles, brosse, crayon, bloc-notes –, on y trouvait tout ce dont on avait besoin pour se débrouiller, mais en format minuscule. C'était un anglais sans profondeur, sans envergure, sans émotions, sans nuances – de simples phrases déclaratives, des formules de politesse, composant une langue faite pour *s'en sortir*, non pas pour pénétrer le cœur des choses.

Fergus lui avait appris le style. Il lui avait appris des expressions magiques, *we'll cross that bridge when we come to it*, nous aviserons le moment venu, *a scintilla of evidence*, l'ombre d'une preuve, il lui avait enseigné le sens du petit *ish* qu'elle plaçait maintenant à la fin de n'importe quel mot pour le contrebalancer, *blondish* / un peu blonde, *saddish* / un peu triste, elle l'utilisait même parfois tout seul, *ish, ish*, pour répondre *un peu* à ses questions à lui. Elle aimait la magie des suffixes, qui permettaient de transformer un nom en adjectif, en verbe, ou en un autre nom – ou un adjectif en verbe, en nom, ou en adverbe. *Less* – dépourvu de la qualité de. Exemples : *hopeless*, désespérée. *Fergusless*, sans Fergus. *Dom* – état de. Exemples : *wisdom*, sagesse. *Freedom*, liberté. *Ship* – fait d'être. Exemples : *hardship*, difficulté. *Kinship*, parenté. Elle inventait des mots, bricolait, trouvait dans le langage une liberté qu'il lui semblait avoir perdue en quittant de force son île pour la grande ville étrangère. Fergus, amusé, lui avait dit que Shakespeare lui-même avait inventé de nombreux mots, dont beaucoup étaient restés, bien que la plupart des locuteurs n'aient plus aucune idée de leur origine. *Dwindle*, diminuer. *Hurry*, se dépêcher. *Belongings*, les possessions. Du plus pur Shakespeare, voyageant à travers les siècles, incognito. La langue qu'ils parlaient entre eux était une langue inexacte, un *broken english* d'expatriés, mais ils jouaient ensemble, ils faisaient rouler les mots entre leurs dents, ils se créaient comme ça un territoire, une cabane, où ils pouvaient se tenir tous les deux dans un équilibre instable. Dans les premiers jours, leur relation s'était bâtie sur les mots qu'ils s'apprenaient l'un à l'autre, en allemand, en anglais. Quand Liv Maria éternuait, Fergus chuchotait machinalement : *Bless you*. Le verbe venait d'un très vieux mot germanique signifiant *marquer avec du sang* – les deux premières lettres du mot, *b* et *l*, étaient aussi les premières du mot *blood*, *Blut* en allemand, le sang, et le mot d'origine désignait l'épanchement de sang sur un autel païen. Parce qu'il référait à un acte sacré, il avait été choisi dans les anciennes bibles pour traduire le latin *benedicere*. Et c'est comme ça qu'un mot sanguinaire avait dérivé avec le passage du temps jusqu'à devenir un mot exprimant la bienveillance. Malgré les apparences, le français *blesser* venait d'un autre mot allemand : pas *Blut*, cette fois, mais *Bletz*, un lambeau de cuir – c'était l'idée de déchirer, de *mettre en pièces*. Mais il y avait encore un autre mot – il ressemblait aux deux autres, et pourtant il n'avait presque aucun rapport avec eux, juste un glissement sémantique. Il venait aussi d'un mot germanique, *blithsjo* – quelque chose comme la *gentillesse*. En anglais, ça donnait *bliss* – à une lettre près, exactement le même mot que *bless*.

— Et c'est quoi, *bliss* ? avait demandé Liv Maria, suspendue aux lèvres du professeur.

— C'est... C'est nous, avait répondu Fergus, souriant. *Bliss*, c'est le bonheur, la grâce.

C'était comme s'il l'avait tirée jusqu'à lui au moyen d'une corde solide, comme si sa voix avait été un filin avec lequel il l'avait littéralement pêchée, amenée à sa portée, ses mots tels des leurres en bronze auxquels elle avait mordu à pleine bouche, affamée de mots dans la grande ville. Jour après jour, aveuglée par l'étymologie, elle s'était approchée de lui, rapprochée de la source de ses mots, jusqu'à désirer poser ses lèvres sur les siennes d'où tout semblait jaillir. Un jour, elle l'avait regardé, soudain, et elle n'avait plus vu du tout l'homme âgé qu'il lui avait paru être le premier jour. Ce personnage-là – le professeur, l'autorité, le quadragénaire – semblait avoir fondu comme un cube de sucre dans de l'eau brûlante, pour laisser place à cet homme qu'elle avait envie d'approcher jusqu'à se lover dans sa poche de poitrine, se glisser entre les pages rayées de son petit calepin, plus près, plus près de toutes les histoires fabuleuses qu'il détenait – oui, cela, elle l'avait su beaucoup plus tard, ce n'était pas son cœur qu'elle avait convoité au départ, mais ses connaissances, son expérience, la richesse de sa mémoire d'adulte. Peut-on vraiment aimer quelqu'un sans en faire son professeur ? La première fois que cela arrive, peut-on aimer sans tout retenir de l'autre, sans devenir une plaque sensible à tous ses gestes, tous ses mots, ses goûts, ses histoires ? Elle était suspendue à ses lèvres, captivée, comme si tout entre eux dépendait de la langue qu'ils arpentaient ensemble. L'amour – l'amour était venu peut-être seulement quand il l'avait prise, la première fois, dix jours à peine après leur conversation dans la serre, quand un soir, une fois tous les autres élèves partis, il l'avait allongée sur son bureau et embrassée sur sa bouche ouverte jusqu'à ce que résonne la seconde cloche de la fin de journée. Après, il l'avait guidée adroitement à travers les rues jusqu'à la chambre qu'il occupait dans une petite pension et où elle avait découvert ce dont elle n'avait jamais eu la moindre idée ni la moindre intuition. Ce qu'on pouvait faire avec un corps – avec deux corps. Les frottant l'un contre l'autre comme des silex, longtemps, patiemment, jusqu'à faire jaillir des étincelles, puis le feu, le feu ravageant tout. Elle n'avait jamais deviné, jamais soupçonné la transformation qui s'opérait lorsque deux corps se touchaient – comment les peaux cessaient d'être peaux, les muscles d'être muscles, comment tout cela semblait se redresser et se mettre à chanter. C'était l'odeur de la pluie sur la route, sur la terre, dans les herbes. C'était les vingt-quatre mesures en crescendo dans cette chanson triste, *A Day In The Life*, avec les violons, les altos, les violoncelles, les contrebasses, la harpe, le hautbois, les flûtes, les trompettes, les trombones, le tuba, les clarinettes, les bassons et les cuivres montant, montant de la note la plus basse possible pour chaque instrument à la note la plus haute possible de l'accord en *mi* majeur. C'était exactement cette montée chaotique, inquiétante, conclue sur le dernier accord plaqué au piano, le son mourant sur la piste pendant plus d'une minute, et elle, la première fois, après, allongée, fixant le plafond, cherchant son souffle et ses mots dans plusieurs langues sans succès, métamorphosée. *Bless you. Bliss. Blesser.* Plus tard seulement, dans un temps qu'elle était alors absolument incapable de concevoir, viendrait le moment où serait brutalement rappelé à Liv Maria le sens caché des mots, et combien une bénédiction peut aussi devenir une blessure impossible à cicatriser, épaisse et dure comme du cuir.

Sur l'île, son corps avait été un corps pour la pêche, pour la nage, pour faire face au froid, pour sentir le vent – un corps qui tenait bon, pas un corps qu'on tenait dans ses bras. Elle n'avait jamais envisagé de le confier à quiconque, c'était son corps à elle, elle en avait besoin pour toutes sortes de choses. Un ostéopathe que sa mère avait fait venir un jour du continent pour la guérir d'une sinusite carabinée lui avait dit, sincèrement stupéfait en la manipulant, *Je n'avais encore jamais touché une tête aussi dure*, et elle avait rougi de fierté. C'était exactement comme ça qu'elle se voyait et qu'elle se voulait. L'idée de laisser quelqu'un entrer dans son corps, donc, l'avait jusque-là simplement laissée perplexe. L'idée que des gens faisaient ça. Que c'était un des socles du monde, un de ses leviers les plus puissants – si l'on en croyait les livres, et c'était son cas. Alors d'une certaine façon il y avait quelque chose d'un peu surprenant à ce qu'elle ait accepté, si rapidement, de se livrer à un homme, surtout après ce qui s'était passé, surtout quand on considérait la raison précise pour laquelle elle se trouvait si loin de chez elle cet été-là. Mais c'était mal comprendre la situation. Si l'homme sur l'île ne lui avait pas fait très peur, c'était parce qu'elle ignorait ce vers quoi il voulait l'amener. Elle savait *techniquement* de quoi il était question, bien sûr – mais personne n'était encore jamais entré dans son corps, et l'idée que quelqu'un le fasse un jour lui semblait au mieux grotesque, alors qu'on cherche à le faire *de force* était à peine plus aberrant. Elle était incapable de voir ce que ça changerait, ce que ça impliquerait. Elle s'était défendue par principe – comprenant instinctivement combien une tentative de viol appartient au domaine de la violence, pas du tout à celui du sexe. Pour elle, cette agression avait eu une seule conséquence : son déménagement à Berlin. Alors peut-être que quelque chose en elle avait associé sa présence dans la ville à la découverte de ce phénomène insondable – peut-être qu'une fois ses bagages ouverts, elle avait attendu que quelque chose se produise.

Et quelque chose s'était produit. À la vitesse

de la lumière. Elle qui n'avait été que pêche, solitude et curiosité, elle était désormais ici, sur la terre ferme, en Allemagne de l'Ouest, et elle avait une histoire d'amour saisissante avec un homme marié. L'inconnu, la transgression, la frontière. D'une certaine façon, pour elle, tout cela appartenait au monde étrange du continent, suivant la même logique qui avait conduit son père à penser que tous les pays extérieurs à la Norvège vendaient des munitions dans les cafés. Aimer Fergus n'était pas plus étrange que le fait déchirant de ne plus voir la mer tous les jours. Au contraire – d'une certaine façon, il avait remplacé la mer pour elle, cet été-là, pallié son absence. Le manque de la mer précisément était une autre chose qui les avait rassemblés, comme les mots, comme les livres, parce qu'ils étaient l'un et l'autre respectivement la dernière chose qui leur rappelait la mer, du fin fond du Brandebourg, la seule autre personne dans la ville avec qui ils pensaient pouvoir en parler. Ils étaient devenus inséparables. Tous les soirs de semaine, lorsque Daniel et Bettina n'avaient pas besoin de ses services, Liv Maria prétextait un rendez-vous avec des amis rencontrés à l'université pour partir retrouver Fergus dans une *Kneipe* où ils passaient la soirée à parler sans fin. Parfois, quand elle pensait pouvoir le faire sans trop éveiller de soupçons, elle rentrait avec lui à la pension, et ils faisaient l'amour, comme ils le faisaient aussi tout le week-end quand sa famille d'adoption était à Wannsee, dans sa chambre ou n'importe où ailleurs dans l'appartement vide. Lorsqu'il arrivait chez elle, le samedi matin, une heure à peine après le départ des autres occupants de l'appartement de la Graf-Spee-Strasse, il sonnait et elle le trouvait devant sa porte, vêtu comme toujours d'un pantalon et d'une chemise aux manches remontées au-dessus des coudes. Avec le recul, son naturel la surprendrait, la légèreté avec laquelle il se présentait devant la porte d'une demeure dont il évitait si ostensiblement les véritables propriétaires pour venir en leur absence se glisser par la porte entrouverte, visiter une jeune fille – lui qui était pourtant aussi un père, ailleurs. Fergus avait trois enfants. Son aîné avait quatre ans de moins que Liv Maria, c'était donc bien un enfant, elle n'y pensait jamais autrement, c'était simplement un petit garçon de treize ans, très attaché à ses deux jeunes sœurs. Elle ignorait leurs prénoms à tous, comme celui de l'épouse. Elle ne s'en souciait pas. Sans surprise, Fergus parlait peu de sa famille, et tout, dans la vie qu'ils menaient ensemble, démentait qu'il en ait jamais eu une.

Des années plus tard, elle le reverrait encore marchant dans les pièces immenses, timide, maladroit, faisant frire des tranches de porc et des œufs dans la cuisine épurée de Bettina, beurrant des toasts, regrettant son *Irish pudding*, s'affalant sur le canapé pour lui lire des chapitres entiers de livres, et pliant après les draps bien au carré, pour partir sur la pointe des pieds avant le retour des maîtres des lieux. Elle ne savait pas combien le temps avec lui était compté, elle ne savait pas combien c'était précieux, elle ne savait pas que le compte à rebours avait déjà commencé.

Non, à l'époque, elle ne savait pas, elle ne savait rien, elle se réveillait le dimanche matin à côté de Fergus et elle le regardait dormir, son corps compact contre lequel elle se lovait en cuillère, et au réveil, sa bonne humeur inattaquable, sa volubilité. Fergus à quarante ans. Cette personnalité si expansive et si secrète à la fois, impénétrable. Sanguin. Chaleureux. Tragique. *Irlandais*, il disait. Irlandais. Veste en velours. Peigne d'écaille. Les Beatles, Beethoven très fort, Leonard Cohen, parfois, le soir, pour s'endormir, ou le *Fisherman's Blues* des Waterboys. *Avec de la lumière dans la tête, avec toi dans mes bras*. Qu'auraient-ils fait s'ils avaient été découverts ? Que serait-il arrivé ? Enfin, un professeur, un *Doktor*, quarantenaire, marié, père de famille, et succombant aux charmes de son élève mineure. Ils avaient été protégés du scandale par le charme de Wannsee et l'innocence étrange de Daniel et Bettina qui n'avaient jamais douté qu'elle révisait la nuit avec Heidi – le seul prénom féminin allemand qui lui soit venu à l'esprit lorsque Daniel lui avait pour la première fois demandé avec qui elle passait tant de temps – Heidi, son amie imaginaire. Elle travaillait son allemand avec Heidi, elle apprenait quelques rudiments de norvégien à Heidi, elle l'accompagnait à une petite fête, elle rencontrait ses amis – quand dans les faits Liv Maria ne faisait que caresser la peau douce de Fergus sur son lit de la pension, écouter ses histoires, manger dans les cuillères en porcelaine qu'il lui tendait au restaurant thaïlandais, et boire son sperme dans la nuit noire.

Voilà ce qui s'était passé. Elle avait couché avec lui. Juin, juillet, août 87. Elle avait couché avec lui tout l'été. Elle l'avait aimé. Elle ne savait pas encore que d'avoir fait ça la priverait un jour de sa famille, du père de ses enfants, de sa paix intérieure. Elle avait dix-sept ans. Elle croyait qu'elle n'avait rien à perdre. Quand septembre était arrivé, elle avait regardé sans y croire son amant faire ses bagages, et ils avaient pleuré tous les deux assis sur son lit. Dans la rue, ils s'étaient étreints passionnément en attendant son taxi, pour la première et la seule fois absolument indifférents aux regards des passants.

— Je t'écris dès que j'arrive, lui avait-il promis. Je ne sais pas ce que nous allons faire, je ne sais pas, je ne sais pas, mais je vais t'écrire, ce sera un début. On ne peut pas se séparer comme ça, Liv Maria. Je prends l'avion, je mets le pied chez moi, et je t'écris, dans moins d'une semaine tu auras une lettre de moi.

— Et si moi, je veux t'écrire ? avait demandé Liv Maria d'un coup à travers ses larmes.

Alors, debout dans la rue, sur un petit morceau de papier arraché à son carnet, il avait écrit son prénom, son nom et celui du village où il habitait, il l'avait plié en quatre et il le lui avait donné en disant que, si par malheur, pour une raison inconnue, ses lettres à lui ne lui parvenaient pas, elle pourrait lui envoyer ses courriers en poste restante pour l'avertir. Il n'y avait rien à ajouter. Ils s'étaient embrassés sur le trottoir, Fergus qui pleurait et Liv Maria qui pleurait aussi, parce qu'elle avait oublié durant l'été le temps qui passait, elle avait tout oublié – qu'il était marié à une autre, qu'il avait un foyer, qu'il avait des enfants dans un pays où elle n'était jamais allée. Le taxi était arrivé. Il était monté dedans. Elle l'avait regardé s'éloigner au bout de la rue.

En vain, elle avait attendu son courrier. Tous les jours, elle dévalait l'escalier pour aller ouvrir la boîte aux lettres de l'entrée de l'immeuble, mais il n'y avait jamais rien d'autre pour elle que les missives tapées à la machine par sa mère, conclues par quelques mots de son père ajoutés au stylo – *Je t'aime, Liv Maria. Porte-toi bien.* Mais Fergus l'avait oubliée et la tendresse bleutée de son père ne la consolait de rien. C'était inexplicable. Elle savait, pour l'avoir lu dans les livres, que les gens peuvent s'abandonner les uns les autres, mais tout ce silence ne collait pas avec l'homme qu'elle avait connu, l'homme qu'à peine quelques jours plus tôt elle serrait dans ses bras tandis qu'il sanglotait le visage enfoncé dans ses cheveux. Elle s'était sentie triste, inquiète, désemparée. Elle lui avait écrit six lettres – une soucieuse, une passionnée, une soucieuse, une menaçante, deux passionnées – qu'elle avait postées à l'adresse qu'il lui avait donnée. Aucune n'avait reçu de réponse. La nuit, à l'abri de sa chambre-bibliothèque, elle scrutait l'une après l'autre des cartes d'Irlande dans l'atlas de Daniel et Bettina, elle rapprochait son visage du papier comme si elle avait pu le voir à force, Fergus, minuscule, dans sa maison qu'elle essayait d'imaginer, assis à table entre sa femme et ses enfants, serein, content, absolument sourd à sa détresse, soulagé, même, d'avoir mis tant d'eau entre eux, tant de distance, et d'être ainsi débarrassé d'elle à tout jamais. Petit à petit, les jours sans courrier se succédant, elle avait senti monter sa colère. Elle n'avait pas eu besoin de raconter cette histoire à qui que ce soit pour imaginer ce à quoi elle ressemblait, vue de l'extérieur. Elle avait été idiote, naïve, risible. Aucun homme marié ne quitte jamais sa femme pour un amour de vacances, pour une petite fille fiévreuse. Elle n'avait été qu'une distraction pour professeur en déplacement, et il était à présent retourné à sa vraie famille, il avait rayé son prénom de tous ses souvenirs.

Très bien, avait-elle fini par penser. *Parfait. C'est la dernière fois qu'une telle chose m'arrive. On ne m'y reprendra plus*. Elle avait arrêté de lui écrire. Elle aurait voulu pouvoir remplir un colis avec toutes les phrases qu'il lui avait dites, retour à l'envoyeur, mais c'est exactement le contraire qui s'était produit : les cours du lycée français avaient commencé, et elle avait dû, plusieurs fois par semaine, tracer son chemin dans la langue anglaise qu'il lui avait enseignée, utiliser les structures de phrases qu'il lui avait apprises, penser dans cet idiome et errer sans issue dans le territoire ravagé de leur passion.

Elle était restée tout l'automne, tout l'hiver et tout le printemps à Berlin, comme sa mère l'avait voulu pour elle. Elle avait babysitté ses petites cousines, achevé d'apprendre l'allemand, écrit des dissertations, découvert la sensation inédite de la neige tassée sous les talons, fait de la luge dans les rues, marché des heures dans le Tiergarten, nagé nue dans les trois lacs de Wannsee, bu ses premiers verres de vin blanc avec Daniel et Bettina pour fêter son dix-huitième anniversaire.

Quand ses parents étaient morts, au printemps suivant, il y avait un an qu'elle ne les avait pas vus.

C'est Bettina qui avait pris l'appel, et quand elle avait annoncé la nouvelle à Liv Maria, à travers ses larmes, celle-ci était restée sans voix. Plus de parents. Plus jamais sa mère, plus jamais son père. Plus jamais la vie qu'elle avait connue avec eux. Plus jamais les odeurs familières, la mémoire commune, les doigts osseux de Mado entrelacés aux siens. Plus jamais l'enfance. Et puis, laborieusement, elle avait accepté cet événement comme partie intégrante de son destin, comme si leurs deux petites tombes à venir, si poignantes, minuscules, dans le sable friable de la dune, avaient trouvé instinctivement leur place. *Je crois que je n'arrivais pas vraiment à imaginer que je les reverrais, après ce qui s'était passé avec Fergus. Parfois je me demande si c'est pour ça qu'ils sont morts – parce que j'étais incapable d'imaginer les revoir. Je m'en suis beaucoup voulu.* Et pourtant leur absence était une éducation plus capitale encore que l'avait été leur présence. Ils n'étaient pas venus la voir là-bas – elle ignorait s'ils étaient trop occupés, ou trop sédentaires à force pour entreprendre un tel voyage. Ils avaient dit qu'ils viendraient, mais ils ne l'avaient pas fait. Après tout, la jeunesse avait été pour eux un moment d'intense autonomie, son père partant sur des bateaux en apprentissage, sa mère abandonnant brutalement le lycée pour tenir le café durant l'agonie de son propre père. Peut-être aussi, et c'est comme ça que Liv Maria aimait à se les représenter, avaient-ils été particulièrement heureux de se retrouver en tête à tête après son départ, tellement heureux qu'ils n'avaient ensuite fait que repousser inconsciemment le moment de venir la voir. Peut-être avaient-ils eu peur de monter dans un avion pour la première fois. Elle ne savait pas. Elle savait seulement que leur dernière année sur terre, ils l'avaient passée ensemble, à des kilomètres d'elle, comme ils étaient morts aussi ensemble, à des kilomètres d'elle. Elle les imaginait heureux, au coin du feu, retrouvant l'intimité des courtes années avant sa naissance, plus radieux que jamais auparavant, dans leur maison sur l'île, et prenant un jour la voiture pour aller rendre visite à un cousin sur la côte est, innocents, et finalement pris en étau l'un contre l'autre dans le métal froissé.

À l'enterrement, toute la population de l'île était réunie. Héritière et orpheline, Liv Maria avait serré des mains, pelleté du sable, posé des fleurs et des coquillages et ses mains sur leurs deux cercueils clos, pleuré dans les bras de ses oncles effondrés. Daniel et Bettina, venus avec elle pour l'épauler, étaient finalement repartis vers Berlin sans que rien ait été décidé la concernant.

Quelques jours plus tard, roulant sans destination précise dans sa vieille voiture, Liv Maria avait machinalement enclenché la lecture de la cassette dans l'autoradio. La chanson avait repris là où elle s'était arrêtée un an plus tôt – la nuit où elle avait traversé la cour de ses parents au galop pour fuir le danger qui la menaçait. Sur un coup de tête, elle était immédiatement allée voir l'homme qui l'avait agressée – cet imbécile n'était pas parti, il s'était même installé sur l'île depuis, elle l'avait trouvé sans effort. Lorsqu'il l'avait vue debout devant lui en ouvrant sa porte, sa mâchoire s'était décrochée. Puisant à une colère dont la source vive était peut-être aussi l'abandon de Fergus, même si elle ne le savait pas, Liv Maria lui avait dit ce qu'il aurait fallu lui dire depuis le début : *À partir de maintenant, je t'interdis de me regarder. Je t'interdis de me parler.* En le disant à voix haute, elle avait pris conscience du fait qu'elle n'avait pas peur de lui, qu'elle n'avait jamais eu peur de lui.

Sur la route du retour, elle avait réfléchi en roulant. Et maintenant, qu'est-ce qu'elle allait faire ? Une orpheline. Une héritière. Rentrer à Berlin ? À présent qu'elle était là, s'arracher à l'air marin pour retourner au lycée lui paraissait au-delà de ses forces. Et dans quel but ? La plupart des gens qu'elle connaissait et aimait n'avaient pas étudié – pas de cette façon-là, en tout cas. Bettina, Daniel et les petites filles lui manqueraient bien un peu, mais moins que ses oncles, à choisir. Et puis, c'était ici, chez elle. C'était ce qu'il lui restait – le café rentable qu'avait toujours tenu sa famille. Une héritière. Une orpheline. Il allait bien falloir qu'elle gagne sa vie. En passant sur le port, elle avait vu à l'approche un ferry bondé de touristes, et elle s'était fait la réflexion qu'il était déjà le milieu de l'après-midi. Les touristes devraient donc rentrer dans quelques heures à peine, parce qu'il n'y avait aucun hôtel sur l'île. Est-ce qu'elle ne pourrait pas rénover quelques-unes des pièces au-dessus du café et les transformer en chambres à louer ? Ses oncles n'étaient jamais loin, ils l'aideraient, et le matin, elle pourrait servir le petit déjeuner dans la salle à manger. C'était une idée. C'était un plan.

Elle était sortie de la voiture, elle avait poussé la porte du café, ouvert les volets, elle avait retroussé ses manches et elle s'était installée derrière le bar, un crayon entre les dents.

Pendant plusieurs semaines, elle avait travaillé d'arrache-pied avec ses oncles, arrachant la tapisserie des murs avec leurs ongles, passant de l'enduit, posant des lavabos, montant de nouvelles cloisons dans la vieille maison. L'effort physique et le silence lui avaient fait du bien, et au début du mois de juin, elle avait pu accrocher un panneau CHAMBRES À LOUER à la fenêtre. La saison avait commencé.

Le matin tôt, elle se levait, s'habillait et rejoignait ses oncles dans la cuisine. Là, sans un bruit, dans le bonheur du recueillement, le sérieux du travail, elle buvait avec eux le café au lait qu'on avait toujours bu ici, avant la mode du macchiato, du cappuccino, de l'americano, toutes ces saloperies du continent que les touristes réclamaient au comptoir. Puis, toute la journée, elle s'agitait, elle allait au marché, elle faisait les lits, essuyait la vaisselle, lançait des machines à laver, balayait, préparait des fournées de *kanelbullar* pour le petit déjeuner du lendemain. Le soir, elle montait se coucher avec un roman et les liasses d'additions de la journée attachées avec des élastiques, elle faisait ses comptes, redescendait à la cuisine chercher quelque chose à grignoter, ou allait se promener sur la jetée, seule.

Souvent, elle repensait à Berlin, aux petites filles, à Bettina, à Daniel, et à Fergus aussi. Elle n'était pas sûre que ce soit vraiment arrivé. Elle portait les anciens pulls de son père, les chaussures de sa mère. Elle mangeait dans la vaisselle qu'elle avait toujours connue et elle avait souvent du mal à saisir ce qui avait changé, sinon qu'elle était désormais seule toutes les nuits dans la maison familiale. C'était comme si son enfance avait été effacée, mais seulement en partie, comme une photographie brûlée à la flamme d'une bougie à des endroits précis, avec uniquement son visage à elle qui subsistait sur les images, comme son visage d'enfant subsistait dans son visage d'adulte, avec la même étrangeté inexplicable. C'était la vie, et elle était pleine de plateaux de petit déjeuner à débarrasser, de factures à régler, de cadres d'ancêtres à redresser en montant l'escalier. Pleine de fruits de mer et de casse-noix poisseux de jus, de pain beurré, de flambées, de draps frais, de conversations de tous les jours avec les pêcheurs, de journaux à lire en épluchant les pommes de terre. L'été, c'était le soleil éclatant, les touristes livrés à heures régulières sur la jetée, les oranges pressées, ses oncles rayonnants, revenant du large les casiers pleins, victorieux, sereins, ravis de son retour, mais l'hiver était encore plus réel, avec les promenades dans le sable gris, les nages dans l'eau froide, comme elle l'avait fait toute sa vie avant Berlin, les menus objets à réparer, les commandes à passer, les livres entassés qu'elle lisait la nuit. C'était à la fois la plus grande obéissance, que de rester là dans la maison de ses parents à continuer ce qu'ils avaient commencé, et pourtant c'était aussi la plus grande désobéissance, de violer leur espace en l'habitant à son tour, en en changeant les lois.

Plus d'un an était passé comme ça. Les saisons. La pluie. Les touristes déposés par les ferries. Ils partaient en voyage pour savoir qui ils étaient, d'où ils venaient, ils étaient dans une profonde ignorance de la différence entre solide et liquide, imperméable et poreux. Liv Maria était partie enfant, elle était revenue maîtresse d'elle-même. Elle faisait les mêmes gestes, mais ils n'avaient plus le même sens, ni pour elle ni pour ceux qui la voyaient les faire. Un jour, alors qu'elle était en train de préparer les bocaux de fruits à l'eau-de-vie, son oncle Harn qui l'assistait avait posé une main sur la sienne pour l'arrêter :

— Ta mère ne faisait pas comme ça, elle…

— Mais je ne suis pas ma mère, s'était-elle entendue répondre vivement, en retirant sa main comme si Harn venait de la brûler avec sa cigarette allumée.

Et dans ses yeux bleus elle avait lu l'incompréhension la plus totale, et immédiatement elle avait saisi. Bien sûr, c'était elle qui était incompréhensible. C'était elle qui faisait n'importe quoi. Revenant ici où elle avait grandi, endossant les costumes de ses parents, et prétendant en même temps ne pas le faire. Prenant l'autorité sur ses oncles sans se poser la question. Elle était partie une année seulement, et en rentrant elle n'avait rien dit à personne de tout ce qui avait changé pour elle. Parfois, elle se disait : *Ce n'est pas tant ma virginité que j'ai perdue, c'est ma pitié*. Elle se comportait comme s'il ne s'était rien passé, et pourtant elle ne cessait d'y penser, chaque minute, tandis qu'elle agissait. Beaucoup plus tard, elle entendrait des mères de famille, quand elle serait elle aussi devenue une mère de famille, dire : *Il faut que je m'occupe, comme ça j'arrêterai de réfléchir*, et elle resterait systématiquement perplexe. Cette année-là, à cheval sur 1988 et 1989, elle était constamment occupée, mais elle n'arrêtait pas de penser.

Harn avait dû parler, parce que le soir même, son oncle le plus âgé, Olwen, le patron pêcheur, l'avait prise à part à la fermeture du café.

— Liv Maria, avait-il dit pendant qu'elle essuyait les tasses, pourquoi tu restes ici ?

Elle avait senti sa gorge se serrer. *Pour ne pas vous laisser seuls*, elle avait pensé. *Parce que je vous aime. Pour ne pas fermer ce café où mes parents se sont vus pour la première fois. Pour honorer la mémoire. Pour ne pas me poser la question. Parce que c'est ici que je suis née, et vous aussi, et ma mère. Parce que je crois que c'est ici ma place. Parce que la première fois que je suis partie, il y avait deux morts à mon retour. La première fois que je suis partie m'a changée de façon irrémédiable, et je ne suis pas sûre de pouvoir faire ça une autre fois*. Elle avait fini par articuler :

— Pour ne pas oublier. Pour me souvenir.

Olwen avait hoché la tête. Ce n'était pas seulement son oncle le plus vieux, c'était aussi le plus secret. Comme Mado autrefois, il pouvait s'écouler une semaine sans qu'il ne prononce une seule phrase entière. Liv Maria avait donc été extrêmement surprise quand il avait soufflé :

— Mais le contraire d'oublier, Liv Maria, ce n'est pas se souvenir – c'est apprendre.

Elle l'avait regardé. Il semblait exténué, ou peut-être même *effrayé*, par ce qu'il venait de dire – par la justesse de ce qu'il venait de souligner. Plus doucement, il avait ajouté :

— Tu as seulement dix-neuf ans.

— Ma mère n'en avait que quinze quand elle a repris le café, et elle n'est jamais partie.

— Si, d'une certaine façon, elle est partie maintenant. Et si ton père n'était pas parti de chez lui, tu ne serais jamais née.

À la fin de sa phrase, ils retenaient tous les deux leurs larmes. Liv Maria avait articulé :

— Où est-ce que tu veux en venir, Oncle Olwen ?

— Il y a un touriste dans la chambre 4.

En effet, un jeune Belge était arrivé la veille, souriant et silencieux, avec un bloc Canson et un gros sac de toile. Parce qu'il était seul – l'hôtel était plutôt fréquenté par des couples –, Liv Maria lui avait fait la conversation au petit déjeuner. Il lui avait raconté qu'il revenait d'un long voyage qui l'avait vu descendre d'Anchorage, Alaska, jusqu'à l'archipel de la Terre de Feu. Il lui avait montré ses dessins et son journal de voyage.

— Je t'ai vue parler avec lui. Peut-être que tu pourrais lui parler encore. Peut-être qu'il pourrait te dire comment partir.

Alors, plus tard, elle était montée au premier étage frapper à la porte du touriste. Assis sur son lit, il avait déplié pour elle ses cartes et ses guides de voyage, il lui avait parlé des pays qu'il avait vus et l'avait interrogée sur ce qu'elle désirait.

— Je ne sais pas, avait murmuré Liv Maria, butée.

— À quoi tu penses, quand tu penses à l'Amérique latine ? avait demandé le touriste après un silence.

— À Pablo Neruda.

— *Vingt poèmes d'amour et une chanson désespérée*, avait souri le touriste. Parfait. Alors, c'est au Chili que tu vas aller. C'est aussi simple que ça.

Il lui avait indiqué la compagnie à contacter pour acheter un billet d'avion, et la liste des choses qui lui semblaient nécessaires à emporter. Il lui avait donné son guide de voyage, avec les pages cornées et les annotations au stylo-bille. Il lui avait dit qu'il l'enviait, d'avoir encore devant elle la découverte d'un pays que lui connaissait déjà et qui l'avait si profondément marqué.

Rentrée dans sa chambre, ce soir-là, elle avait marqué d'une croix un jour sur le calendrier. Elle partirait en octobre, le temps de tout organiser.

La nuit avant son départ, il pleuvait des trombes d'eau, et Liv Maria était partie marcher sur la dune. Elle ne voyait rien, il était quatre heures du matin. Soudain, un nuage s'était déplacé, la pleine lune avait donné un grand coup de projecteur, et elle avait vu quelque chose sur la plage. Elle s'était approchée.

C'était une baleine. Personne ne l'avait encore vue. Une baleine morte, échouée là, tiède, mais morte. Liv Maria en avait fait le tour, caressant de sa main sa peau couverte de petits coquillages. Elle se rappelait que les baleines peuvent exploser quand elles ont commencé à se décomposer. Un simple trou dans leur enveloppe libère des litres d'entrailles en geyser. Sa baleine était morte depuis quelques minutes quand elle l'avait découverte. Elle était morte sur le sable de cet endroit inconnu, un endroit où jamais une baleine n'aurait dû se trouver et où elle ne pouvait connaître personne. Complètement déplacée, sortie du rang. La ligne d'affleurement des vagues sur le rivage, premier cercle de son enfer.

Liv Maria avait frissonné. Il faisait froid. Elle avait besoin d'un abri. Elle avait ramassé un morceau de bois flotté sur le sol, elle l'avait calé dans la bouche de la baleine et elle avait poussé, de toutes ses forces, elle avait mis le morceau de bois bien vertical, et la bouche s'était ouverte et n'avait plus bougé. Ça sentait le sang pourri et Liv Maria avait pensé que les baleines étaient des mammifères, et comment, quand on les tue, elles vomissent dans la mer une substance nauséabonde qui peut recouvrir des acres entières. Mais la baleine n'avait pas vomi. Elle venait de mourir de sa belle mort et elle reposait sur le sable, digne, monumentale. Liv Maria s'était accroupie pour se glisser entre ses deux mâchoires et s'asseoir là, à l'abri, dans sa bouche. Elle avait pleuré pour la baleine, et après elle avait pleuré pour elle, Liv Maria Christensen.

Elle avait débarqué à Santiago du Chili avec une valise légère, un cœur lourd et un dictionnaire d'espagnol. Elle avait pris une chambre en ville. Elle avait d'abord trouvé du travail comme plongeuse dans un restaurant, puis, quand son espagnol était devenu meilleur, comme serveuse, et puis, des fourmis dans les jambes, elle avait quitté la capitale pour monter plus au nord, jusqu'à la région de Coquimbo, où elle avait entendu dire qu'on cherchait du monde pour la cueillette des fruits. Elle voulait utiliser ses bras. Dans la vallée d'Ovalle, elle avait cueilli du raisin et des poires, tout le temps de la récolte, avant de monter encore plus haut, vers l'Atacama, pour les myrtilles. Six semaines durant, elle s'était écroulée soir après soir sur son matelas les doigts bleu-noir, le dos brisé. Pour la première fois depuis son retour de Berlin deux ans plus tôt, elle avait recommencé à faire l'amour, avec des collègues, des journaliers, des Américains en voyage. Son corps se réveillait d'un long sommeil, le jour elle le dorait au soleil et la nuit elle l'épuisait.

Un midi, un homme était venu partager le repas des ouvriers dans la cantine, c'était un restaurateur d'Antofagasta qui voulait contrôler la qualité des myrtilles qu'il servirait ensuite dans ses établissements. En le regardant du coin de l'œil écraser les fruits sous ses dents, elle avait senti un frémissement. Son visage était comme une sculpture, sa peau était cuivrée, ses yeux durs. Elle avait pensé : *Jamais je n'ai vu un homme aussi séduisant.* Elle était allée s'asseoir à sa table. Il parlait avec les propriétaires du verger d'un hôtel qu'il venait d'acheter et qu'il voulait faire décorer. C'était la première fois qu'il faisait ça, jusque-là il n'avait possédé que des restaurants, il ne savait pas exactement par où commencer. Elle avait dit : *J'ai tenu un hôtel autrefois. Je crois que je saurais faire ça.* Il l'avait dévisagée, dans sa tenue de travail. Toisée. Considérée. Il avait dit : *Vraiment ?* Elle avait acquiescé. *Je parle cinq langues. – Mais elle ne parle pas souvent*, avait commenté un de ses employeurs pour faire un bon mot. *C'est parfait pour moi*, avait répondu le restaurateur.

Puis, se tournant vers elle : *Est-ce qu'on peut partir maintenant ?*

Elle était rentrée à Antofagasta avec lui, cent kilomètres vers l'ouest, dans la baie de Moreno. Il lui avait fait visiter l'hôtel – les chambres nues, l'immense hall au carrelage fendu, les rideaux déchirés. Bras croisés, moqueur, il la regardait regarder. *Tu penses que tu peux t'en tirer, chica ?* Elle n'avait même pas répondu.

Il lui avait fallu quatre mois pour saisir ce qu'il voulait exactement, prendre ses ordres, puis établir des plans, réunir des artisans, commander les étoffes et les lits, les luminaires et les tapis. Nuit et jour, pendant tout ce temps, elle avait vécu dans l'hôtel en chantier, toujours la première levée et la dernière endormie. Régulièrement, elle déjeunait avec son nouvel employeur pour le tenir informé de l'avancée des travaux, lui demander conseil, lui faire signer des devis. Patiemment, elle en apprenait davantage sur lui – il s'appelait Ignacio Carrar, avait quarante et un ans, était marié à une amie d'enfance avec laquelle il avait deux enfants. Plus tard, elle penserait : *Je l'écoutais, mais je n'entendais pas ce qu'il me disait.*

Le dernier jour du chantier, elle était allée à pied jusqu'à son bureau pour lui remettre symboliquement les clés de l'hôtel. Devant sa porte, elle l'avait entendu dire *Entrez* – elle était entrée, elle avait posé le trousseau devant lui, puis contourné la table pour s'asseoir sur ses genoux, les jambes ouvertes pour le chevaucher. Pendant qu'il la prenait sans un mot, là, en plein après-midi, comme s'il avait su lui aussi que ça ne pourrait pas finir autrement, elle avait senti quelque chose de très fort, quelque chose qui n'était pas l'opéra complexe du sexe avec Fergus, mais un son plus mat, plus dur, comme un corps qui tombe à plat ventre sur des planches ou sur un sac de céréales. Le sexe avec Carrar était chaud et sec, sans fioritures mais non sans grandeur, s'étirant dans le temps, impeccable, précis. Après, ils étaient sortis boire des margaritas glacées pour fêter leur victoire. Quelque chose avait commencé.

En moins d'un an, elle était devenue sa maîtresse et son associée. Ils s'étaient trouvés, ils ne s'étaient plus quittés. Infatigablement, ils travaillaient ensemble, dans les restaurants de Carrar, dans les hôtels qu'il achetait les uns après les autres et qu'elle imaginait pour lui. Ils calculaient, mesuraient, intriguaient ensemble, ils enchaînaient les déjeuners de travail, les réunions avec des architectes, des urbanistes, ils se déplaçaient à travers toute la région pendant des jours et des nuits, associés, complices, acharnés, ils faisaient l'amour debout contre des portes ou allongés dans des lits, elle l'écoutait mentir à sa femme au téléphone et se sentait rassurée d'être de ce côté du combiné, avec lui.

Parfois, pourtant, elle repensait à Fergus. Elle se demandait où il pouvait se trouver. Elle l'imaginait marchant dans les rues de son village dont elle ne connaissait que le nom, vieillissant, se mordant les doigts de l'avoir perdue. Elle aurait voulu qu'il la voie, comme elle était devenue, lui qui ne l'avait pas vue depuis si longtemps. Elle aurait aimé l'apercevoir de loin à la terrasse d'un café dans la torpeur de l'après-midi et passer devant lui de toute sa hauteur d'entrepreneuse expatriée, avec sa robe du dimanche, sa maturité chèrement acquise et ses bracelets d'or, le toiser d'un regard mystérieux et lui chuchoter, de l'autre côté d'un trottoir : *Tu vois, si tu ne m'avais pas laissée tomber, tu serais un homme riche aujourd'hui.* Elle se demandait ce qu'il était devenu, lui, depuis tout le temps qu'il était parti sans bruit.

À l'instant exact où son pied nu avait buté sur le bois, précipitant sa chute du premier étage au rez-de-chaussée de la maison, Fergus avait su qu'il allait mourir.

Tandis que son corps s'envolait et planait magiquement au-dessus des marches de l'escalier, quelques fractions de seconde à peine, il avait pensé : *Alors voilà. Elle avait raison finalement.* Quand il était encore bébé, sa jeune mère, dont il était le fils unique et imprévu, l'avait emmené dans la cahute d'une diseuse de bonne aventure, sur le camp de Bundoran. Après avoir examiné les paumes du nouveau-né, la voyageuse avait simplement dit : *Une chute. Il mourra en tombant.* Affolée, sa mère avait demandé : *En tombant où, quand, pourquoi ? – Il tombera. Une chute*, avait vaguement répété la voyageuse en détournant les yeux. Ça ne l'intéressait pas. Ce qu'elle voulait, maintenant, c'était que la mère de Fergus trempe ses lèvres dans sa tasse de thé, pour qu'elle puisse lui lire son avenir à *elle* dans les sédiments au fond de la porcelaine, parce qu'elle avait déjà commencé à discerner quelque chose qui la captivait dans ce visage si particulier, les pommettes hautes, les yeux saisissants, presque violets, et c'était cela qu'elle entendait deviner, plus que le destin d'un bébé. La mère de Fergus, choquée, avait refusé, elle avait fui la cabane bariolée presque en courant, serrant son enfant contre elle. Pour la première fois, Fergus se demanda si la voyageuse aurait correctement deviné le destin de sa mère – est-ce qu'elle aurait su lui dire : *Vous serez célèbre, et vous mourrez jeune de la pire des façons* ? Est-ce que sa mère aurait fait des choix différents, si elle avait su, ce jour-là, ce qui lui était promis dans un avenir proche ? Après tout, elle n'avait eu de cesse de protéger Fergus, elle lui avait interdit de grimper aux arbres, de marcher sur les poutres, sur les murets, même de faire du patin, mais voilà qu'elle manquait à l'appel, aujourd'hui qu'enfin il chutait, comme l'avait prédit la sorcière. Ça n'avait servi à rien. Fergus, qui avait passé de riches heures à traduire Homère à l'époque où il préparait son doctorat de linguistique, avait toujours considéré la notion d'*hubris* des Grecs comme une évidence. On ne peut pas échapper à son propre destin. On le vivra quoi qu'il arrive. Le fuir, comme l'ont fameusement fait Œdipe, mais aussi son père Laïos, en cherchant à faire tuer le bébé destiné à devenir son meurtrier, n'équivaut qu'à accomplir son destin plus pleinement. Celui de Fergus était de chuter – le voilà qui chutait, comme de juste, dans son propre escalier, en pleine nuit, seul au monde.

Bien sûr, il était trop fin lecteur pour ne pas avoir saisi depuis longtemps le double sens du mot, concret et métaphorique, physique et moral. *La chute.* Trébucher, oui, mais aussi : pécher. En ce qui le concernait, Fergus estimait qu'il était devenu infidèle d'abord parce que c'était possible. Il était curieux. Il disposait de temps libre. Il était amené à rencontrer des femmes. Il avait une sorte de don pour ça. *Ça n'a rien à voir avec mon épouse*, aurait-il voulu dire, c'était même la seule pensée structurée qu'il était parvenu à produire sur la question. *Ça a à voir avec moi, avec la personne que je suis à l'intérieur. Ce sont mes histoires.* Et il aimait aussi les filles qui *étaient* des histoires, même si elles ne le savaient pas, celles qui avaient des histoires à raconter, c'était ça qui le séduisait en premier. Il pensait même, s'il allait au bout de sa pensée, qu'il couchait avec elles avant tout pour pouvoir les approcher et les écouter de plus près. Il sentait sa mauvaise foi mais savait qu'il disait cependant sa vérité dans le même mouvement – c'était son tempérament. C'était son éducation, aussi.

Il avait vu sa mère hurlant des phrases qui n'appelaient aucune réponse. Il avait vu sa mère faire preuve d'une éloquence qui la dépassait elle-même, une éloquence qui n'était pas la sienne, parce que son texte avait été écrit par d'autres. Il avait vu sa mère, jeune, portant des vêtements qu'il ne lui connaissait pas, parfois reproduisant des gestes qui étaient vraiment elle, des gestes qu'elle avait eus pour lui servir à manger ou le serrer dans ses bras, et parfois épousant parfaitement une gestuelle étrangère, devenant quelqu'un d'autre, parlant de la voix de quelqu'un d'autre. Il était le fils d'une actrice.

Son visage apparaissait à la télévision, dans des retransmissions, sans prévenir, et soudain elle était là devant lui, éternellement jeune, figée dans sa trentaine, aussi éloignée que possible des petites vieilles hagardes que devenaient les mères de ses amis. Elle avait été battue à mort par son dernier compagnon en date quand Fergus avait douze ans. Alors, quand son épouse lui faisait des reproches, il lui répondait silencieusement dans sa tête : *Écoute. Je suis le fils d'une femme merveilleuse qui m'a dit un jour* Je t'aime, je reviens bientôt, *et qui n'est jamais revenue. Parfois je ne pense pas qu'il soit nécessaire d'ajouter quelque chose.*

Tandis que l'escalier défilait dans son champ de vision, marche après marche, barreau après barreau, tandis qu'il tombait à pic, il continuait de penser. Il pensait à sa mère, à sa femme, à ses trois enfants. *J'espère avoir été un bon père, mais sans doute pas un bon mari. Maintenant, je ne saurai jamais pourquoi ça n'a pas marché, entre nous. J'espère que l'université n'oubliera pas de lui payer mon dernier mois de salaire. Peut-être qu'elle touchera aussi quelque chose en plus, en tant que veuve ? Je ne sais pas. J'aurais peut-être dû m'intéresser un peu à tout ça, quand il était encore temps. Ce sol qui s'approche a l'air très dur. Je me demande si ça va faire mal. Mourir en tombant dans un escalier. Je dois admettre que j'avais imaginé quelque chose de plus périlleux – une falaise, peut-être, ou un arbre – mais quoi de plus périlleux, au fond, que mon propre foyer ?*

Un collègue de l'université était parti un été enseigner sur le continent. Il en avait parlé à Fergus un midi en partageant une cigarette devant la porte du département. Fergus avait regardé attentivement son visage satisfait et bronzé. Il avait demandé :

— Tu fais un dossier, et ils te donnent un poste, et tu pars, comme ça ?

— Oui, avait dit l'autre. Tu donnes un choix de villes, en cochant des cases sur la fiche d'inscription, et ils t'envoient dans une de ces villes. Les heures sont bien payées. Ça met du beurre dans les épinards, tu vois.

C'était comme ça qu'il était parti la première fois, avec cet argument. Il avait vu là l'occasion de rapporter de l'argent, et il espérait que l'argent consolerait sa femme d'avoir eu la bêtise de l'épouser. L'été ferait une coupure dans leurs vies, leur donnerait le temps de respirer un peu. Peut-être que les choses pourraient s'arranger, et qu'à son retour ils seraient de nouveau heureux tous les deux.

Mais il avait débarqué dans une ville inconnue où il était lui aussi un inconnu, et immédiatement, il y avait eu des filles. Quand l'une ou l'autre lui avait posé des questions, il avait menti. Après tout, il avait été élevé par une comédienne – mentir lui était venu naturellement. S'inventer des noms, des âges, des pays – c'était un jeu d'enfant pour lui.

À son retour, trois mois plus tard, il était plein de vie. Sa femme semblait rajeunie, détendue, accueillante, et jusqu'à Noël environ ils avaient réussi à tenir ensemble.

En février, la maison était vibrante de tension comme une ruche attaquée, et il avait postulé de nouveau pour le continent. Il avait rapidement reçu un courrier lui annonçant qu'il était nommé à Hambourg. Il l'avait dit à sa femme, et il avait punaisé la lettre sur son bureau à la vue de tous, parce qu'il pensait que ça la détendrait de se rappeler qu'il serait bientôt parti.

Mais quelques semaines plus tard, au bureau, il avait reçu un appel d'un homme qu'il ne connaissait pas. Il était professeur d'été lui aussi – c'était le terme qu'il avait employé au téléphone, avec un petit rire sec, *professeur d'été*, et Fergus s'était souvenu de l'expression parce qu'elle lui avait plu. Au téléphone, l'homme lui avait demandé s'il voulait bien échanger de ville avec lui, parce qu'il avait de la famille à Hambourg. Fergus avait dit : *Oui, bien sûr, quelle ville, alors ? – Berlin*, avait répondu l'homme. *Berlin, très bien*, avait conclu Fergus. En rentrant à la maison, il pensait le dire à sa femme, mais elle était fâchée contre lui une fois de plus, et pendant trois jours ils ne s'étaient pas parlé.

Quand la paix était revenue à la maison, il s'était aperçu qu'une partie de lui avait à son insu pesé le pour et le contre et décidé qu'il valait mieux ne rien dire. Qu'est-ce que ça changeait ? Rien, sinon que c'était une protection de plus. Offerte par le destin. Il demanderait à l'homme de lui transférer son courrier, et il aurait une chance de moins que sa femme apprenne ce qu'il était capable de faire en son absence. Même s'il espérait encore ne rien faire.

Il s'était accroché à cette idée un certain temps. Ce n'était pas parce qu'il partait comme l'année précédente qu'il était forcé de reproduire les mêmes erreurs. Il pouvait parfaitement être loin du foyer et fidèle. Ça ne dépendait que de lui. Mais la veille de son départ, leur petite fille, Sadie, avait eu une fièvre colossale, il avait fallu l'emmener à l'hôpital, et la veiller, et attendre les avis des médecins. Il avait été heureux de rester auprès d'elle le temps nécessaire, mais assis à son chevet au fil des nuits il avait aussi senti monter en lui une impatience ravageuse, comme un alcoolique qui se promet en se réveillant le matin de ne pas toucher un verre et qui, le soir, commence à compter les minutes jusqu'à dix-sept heures et la première gorgée.

Quelques jours plus tard, enfin parti, il avait eu une nouvelle surprise à son arrivée à Berlin : le responsable qui l'avait accueilli à l'école l'avait appelé du nom de l'homme qui lui avait demandé de le remplacer. Il lui avait dit :

— Monsieur O'Shea, Farrell O'Shea, c'est bien ça ?

Et il s'était entendu répondre :

— Non, c'est Fergus. Fergus O'Shea.

Comme par magie, l'autre s'était excusé de sa méprise, et la seconde d'après, il le présentait sous son nouveau nom aux quelques collègues réunis dans la petite pièce qui leur était dévolue. Pourquoi est-ce que personne n'avait vérifié son identité ? Est-ce que le véritable O'Shea n'avait rien dit à l'administration de l'échange qu'ils avaient conclu ensemble ? Est-ce que c'était seulement possible ? Il l'ignorait. Mais, aussi simplement que ça, il était devenu Fergus O'Shea, libre de tout dans une ville où personne ne savait qu'il se trouvait. C'était facile de se souvenir de son faux nom, parce qu'il ressemblait beaucoup au premier. Et puis, ce n'était pas à proprement parler *son idée* – encore une fois, c'était simplement quelque chose qui était arrivé. C'était le directeur qui avait fait l'erreur. Lui n'avait fait qu'acquiescer gracieusement. Acquiescé, pas manigancé. Quelle importance avait un nom, de toute façon ? Sa mère en avait eu deux, son nom de scène et son nom à elle, même si sa tombe en portait un seul. Lui, ce jour-là, n'avait pas voulu renoncer à son prénom. Fergus : du gaélique *fear*, un homme. Même enfant, il avait apprécié cette simplicité. Sa mère disait toujours aux gens qu'elle l'avait appelé Fergus à cause du roi d'Ulster, Fergus Mac Roeg, le géant aux énormes testicules, mais lui seul savait que c'était faux, qu'elle l'avait appelé Fergus à cause de la rivière Fergus qui prenait sa source sur le plateau de Burren, où elle était née et enterrée.

Un instant avait suffi. Il était entré dans la salle de classe, il avait vu Liv Maria Christensen, assise au deuxième rang, avec ses yeux comme des pierres au fond de la rivière et il avait su immédiatement que ça arriverait, que ce serait elle, cet été-là. Deux semaines plus tard, alors qu'ils étaient allongés côte à côte, elle lui avait demandé s'ils ne devaient pas redouter que sa femme débarque sans prévenir, et il lui avait dit que ce n'était pas le style de sa femme, et que, de toute façon, elle pensait qu'il était ailleurs. C'était à ce moment-là qu'il avait inventé le mensonge au sujet de l'Italie. Un autre jour, au lit, il avait failli dire à Liv Maria qu'il ne s'appelait pas du tout Fergus O'Shea. L'espace d'un instant, il avait eu la sensation qu'il pourrait tout lui dire, qu'il devait, même, se mettre à nu devant elle pour de bon. Mais, quelques secondes à peine plus tard, son émotion était déjà retombée, et exactement comme en Irlande avant son départ, quelque chose lui avait soufflé qu'une fois encore il serait plus intelligent de garder son secret pour lui.

Il avait aimé la petite Liv Maria tout l'été d'un amour passionné, sans jamais pourtant lui avouer sa véritable identité. Ce soir où il venait de rater la première marche de l'escalier alors que, grippé et fiévreux, il s'apprêtait à descendre dans la cuisine boire un verre d'eau fraîche, il y avait seulement dix jours qu'il était rentré chez lui. Il se souvenait avoir dit à Liv Maria qu'il lui écrirait, mais il ne savait pas quoi lui écrire, tout paraissait si lointain déjà, et puis la maladie lui était tombée dessus, et il avait eu peur de s'endormir sur un brouillon de lettre et d'être découvert. Il était resté blotti plusieurs jours sous l'édredon, grelottant de fièvre, à demi convaincu que c'était la vie elle-même qui lui envoyait un message en le clouant au lit, *Fais une pause, prends ton temps, réfléchis, ne va pas tout foutre en l'air* – mais à présent, il comprenait qu'il n'y avait pas de message, que c'était simplement un châtiment. La grippe, la soif, l'escalier, le tremplin. On n'échappe pas à son destin. Il allait mourir en chutant comme il avait chuté toute sa vie. Il n'avait pas écrit. Son secret serait gardé. Soudain, il se souvint du petit morceau de papier portant son adresse qu'il avait glissé dans la main de Liv Maria en partant – et puis, brutalement, il toucha le sol avec un bruit sourd, et ce fut tout.

Le soir de ses vingt-huit ans, Liv Maria buvait un verre de vin sur la terrasse de son appartement d'Antofagasta, surplombant la Playa el Cuadro. La journée avait été longue et laborieuse, mais elle avait fini par rentrer chez elle, elle avait pris une douche, elle s'était lavé les cheveux et, maintenant, elle portait une robe en soie et des sandales ornées de deux lézards dorés laissant voir ses orteils aux ongles vernis. Elle attendait Carrar qui devait l'emmener dîner dans son restaurant préféré. Il aurait déjà dû être là quand il avait téléphoné, et prononcé les paroles qu'elle avait appris à redouter.

— Je suis désolé, ma belle, je suis retenu à la maison, je ne peux pas m'échapper.

— Mais tu avais *promis* ! avait protesté Liv Maria. Tu avais juré sur la tête de tes enfants que tu serais là ce soir.

— Les enfants, justement, il avait répondu d'un ton léger.

Liv Maria avait entendu derrière lui leurs voix et leurs rires, leurs pas dans un corridor. Carrar riait avec eux. Puis il avait repris le téléphone, lui avait parlé d'une voix détachée, pressé d'en finir. Il était désolé, mais c'était vraiment impossible. Il se rattraperait, bien sûr. Il avait dans sa poche un cadeau qui l'attendait. Il lui souhaitait un bon anniversaire et pensait à elle. Il avait raccroché.

Seule face à la baie du Pacifique, humiliée dans sa tenue de fête, Liv Maria avait vidé méthodiquement la bouteille de vin. Plus tard, elle avait appelé un taxi qui l'avait emmenée dans un bar plein de monde et de bruit. Tandis qu'elle buvait des petits verres d'alcool fort au comptoir, un homme l'avait abordée pour lui proposer de l'accompagner dans un club situé en bordure de la ville, où ils pourraient danser. *Danser ?* avait pensé Liv Maria. Elle était saoule, elle était malheureuse, elle avait accepté.

Là-bas, la salle était bondée, les femmes avaient des paillettes sur les joues, l'alcool coulait à flots. Liv Maria et l'homme s'étaient jetés sur la piste comme des animaux et avaient dansé violemment, prodigieusement, en frappant des pieds sur le sol et en se serrant très fort l'un contre l'autre sans s'entendre. Son cavalier était grand et gros, il l'attrapait par les hanches et la soulevait du sol, ils étaient complètement ivres, il faisait chaud, et ses mains dans les siennes, visqueuses de sueur, glissaient à chaque passe. On ne voyait presque rien, quand, à un moment, il l'avait soulevée de nouveau. Il avait écarté ses bras d'un coup comme s'il l'avait complètement oubliée, il s'était retourné et il était parti. Dans un effet étrange de ralenti Liv Maria avait contemplé ses épaules à lui qui s'enfonçaient dans la foule tandis qu'elle chutait.

Quand son dos s'était plié comme du tissu contre le sol de ciment, la douleur lui avait coupé le souffle.

Elle ne pouvait plus bouger. Elle avait senti confusément les autres danseurs s'écarter de son corps étendu par terre, elle avait vu leurs visages anxieux penchés au-dessus d'elle, leurs bouches muettes. Il y avait un médecin dans la salle, il était venu, il portait un nœud papillon taché de vin rouge, il avait souri à Liv Maria. Aidé par d'autres, il l'avait fait glisser sur une planche, et ils l'avaient portée dehors pour l'allonger dans un pick-up. Elle avait essayé de parler mais ses mâchoires étaient restées soudées. La voiture roulait dans la nuit, elle avait froid. Arrivés à l'hôpital, Liv Maria avait perdu connaissance pendant qu'on la transportait à l'intérieur. Quand elle s'était réveillée, elle était dans une chambre où se trouvaient déjà deux autres femmes, l'une était enceinte, l'autre était âgée et dormait. Liv Maria ne sentait plus ses jambes. Elle avait hurlé pour faire venir une infirmière. Celle qui était arrivée lui avait expliqué qu'elle s'était fracturé une vertèbre, la moelle épinière avait été touchée, un morceau de verre était même entré sous sa peau et s'était brisé à l'intérieur, il avait fallu plusieurs heures pour extraire tous les éclats, et maintenant elle ne devait pas bouger avant au moins trois semaines.

— Et après ? avait demandé Liv Maria.

L'infirmière avait évité son regard pour répondre :

— Après, je ne sais pas.

Liv Maria était restée quatre mois à l'hôpital Van Buren. À deux centimètres près, lui avait-on dit, elle n'aurait plus jamais marché. Elle avait lu des livres de géographie, des livres de poésie, elle avait fait des puzzles et passé des coups de téléphone à travers toute la province de Rancagua pour essayer de retrouver la piste de son cavalier. Elle avait beaucoup de relations, et ça n'avait pas traîné. Père de quatre petites filles dont la plus jeune n'avait pas trois mois, il vivait avec sa femme dans un ranch délabré. Il était connu pour ses infidélités et sa consommation effrénée de psychotropes. Il n'avait absolument aucun souvenir de ce qui s'était passé. Quand il était venu lui rendre visite, il lui avait apporté des fleurs sauvages. C'était la première fois qu'elle le voyait à la lumière du jour, si bien qu'elle n'était même pas vraiment sûre qu'il soit le bon individu – jusqu'à ce qu'il sorte de la chambre, et qu'elle le reconnaisse brutalement à son dos qui s'éloignait. Peu après, elle avait quitté l'hôpital avec un implant en titane dans la colonne vertébrale, et elle était partie passer sa convalescence dans une hacienda appartenant à Carrar.

Au bout de quelques semaines, parce qu'il la voyait tourner en rond, Carrar lui avait proposé de s'associer à un de ses cousins, Eduardo, dans une affaire hippique, pour se changer les idées. *Quitte la ville. Va essayer autre chose.* Elle était partie plus au nord. Une heure à peine après son arrivée, elle avait dit au cousin qu'elle n'en avait rien à foutre des canassons, mais que ça pourrait bien lui venir comme lui était venu tout le reste, au fond. Il n'avait rien répondu. Elle n'était pas montée à cheval, parce que ses hanches lui faisaient mal et qu'elle boitait toujours, comme elle boiterait toujours un peu, même si elle continuait d'espérer le contraire à l'époque.

Elle avait trouvé sa place là-bas. Elle avait acheté des chevaux. Elle avait vendu des chevaux. Elle avait tiré en pleurant sur les pattes de poulains en train de naître. Elle avait fait tuer de vieux pur-sang et elle avait aperçu et toisé son reflet dans leurs yeux exténués. Elle avait sillonné l'Amérique latine avec les chevaux, pour les chevaux – à La Rinconada au Venezuela, à Monterrico au Pérou, à San Isidro, à Palermo, à La Plata en Argentine, à Cidade Jardim au Brésil, à Maroñas en Uruguay et, évidemment, au Club Hípico, à l'Hipódromo Chile et au Valparaíso Sporting Club. Elle-même, en personne, elle avait organisé des courses, plusieurs centaines de personnes assises et en sueur dans une arène qu'elle avait louée, trois semaines durant. Là aussi, elle avait des amants – des hommes des environs, des éleveurs, des agriculteurs, hommes à la peau de cuir, lents, sanguins, efficaces. La nuit, allongée sur leurs larges poitrines, elle sentait sur sa peau l'odeur des bêtes qu'elle élevait autant qu'elles l'élevaient elle-même.

Au mois de mars 1999, elle avait organisé une course exceptionnelle. Son pur-sang champion avait raflé la mise à douze contre un. Carrar était là, il était monté du sud pour l'événement, ils avaient fait une fête à tout casser avec Eduardo et les hommes de l'écurie. Après, elle était rentrée avec Carrar dans la maison qu'elle louait là-bas, ils avaient continué à boire ensemble avant de faire l'amour, électrisés par l'adrénaline du succès, comme aux premiers temps de leur rencontre. Aux petites heures du matin, allongés nus dans la fraîcheur, alors qu'ils fumaient une cigarette après l'amour, Carrar lui avait demandé :

— Qu'est-ce que tu vas faire exactement, Liv Maria ?

— Liv Maria ? avait-elle répondu en riant. Tu ne m'appelles plus *chica* ?

— Si je calcule bien, tu vas avoir trente ans à l'automne. Alors non, je ne t'appelle plus *chica*, et je te demande ce que tu vas faire.

— Ce que je vais faire *quand* ?

— Maintenant. Avec tout cet argent que tu viens de gagner.

— Je vais continuer comme j'ai commencé.

— Je ne pense pas que ce soit une bonne idée. Peut-être… Peut-être que tu devrais retourner là d'où tu viens et te construire une vie.

Elle avait senti son cœur se serrer d'un coup. Elle avait dit :

— J'ai une vie ici.

— Non. Ici, tu as des chevaux.

— Et toi.

— D'accord. Des chevaux et moi.

— Tu vois. Alors où est le problème ?

— Tu n'es pas obligée de partir. Je ne te chasse pas. Eduardo est content de travailler avec toi, et tout se passe bien. Mais je crois qu'il ne faut jamais rester trop longtemps loin de l'endroit où l'on est né.

— Tu sais où je suis née, señor Carrar ? avait-elle demandé moqueusement, avec l'impression de reprendre le dessus.

— Non. Et c'est une autre raison de te dire d'y retourner. Tu es parmi nous depuis neuf ans, moi, je travaille avec toi depuis tout ce temps, je couche avec toi, et je ne comprends toujours pas vraiment d'où tu viens. Quelque chose qu'on protège à ce point, on ne peut pas l'abandonner.

Elle était riche et blessée, elle avait vingt-neuf ans.

Il s'était passé encore quelques semaines, durant lesquelles elle s'était terrée dans sa maison, où Carrar l'appelait sans relâche. Il lui disait d'oublier ce qu'il avait dit, qu'il était ivre, qu'il n'en pensait pas un mot. Il lui disait qu'elle ne pouvait pas partir, qu'il avait des projets pour eux, qu'il quitterait sa femme si elle le lui demandait. Il lui hurlait qu'il l'aimait, comme s'il regrettait à présent de lui avoir dit de partir, tandis qu'elle commençait juste à comprendre qu'il avait eu raison de le dire. C'était comme si le message était passé à travers ses lèvres à son insu, mais que c'était seulement au moment où ses paroles avaient atteint Liv Maria qu'il les avait vraiment entendues. Pour elle, ses paroles avaient été un coup de fouet, dont le bruit caractéristique, qu'elle connaissait parfaitement pour tenir un ranch depuis presque deux ans dans le désert d'Atacama, l'avait sidérée. Elle s'était sentie si mal qu'elle s'était retirée, comme on fait quelques pas en arrière avant de vaciller. Ce qu'il avait dit – *Si je calcule bien, tu vas avoir trente ans à l'automne*, et aussi : *Quelque chose qu'on protège à ce point, on ne peut pas l'abandonner* – l'avait profondément humiliée. Inexplicablement, en lui disant ces mots-là, il avait rappelé en elle le souvenir de la jeune fille passionnée qu'elle avait été, et en voyant ce qu'elle était maintenant, cette femme dure aux poignets ceints d'or, elle avait rougi de honte. Elle s'était vue comme elle était – chaque jour s'abîmant davantage, chaque jour coulant un peu plus à pic. Elle vendait des animaux, elle gagnait de l'argent, elle couchait avec son patron. Elle buvait trop. Elle avait failli mourir en dansant avec un abruti, et c'était de sa faute à lui, Carrar, qui lui disait qu'il l'aimait et l'abandonnait pourtant le soir de son anniversaire. Elle était venue là pour avoir une vie extraordinaire, pour *apprendre*, et qu'est-ce qu'elle avait fait ? Rien d'autre que du commerce et devenir la maîtresse épanouie d'un homme comme celui-là. Se planquer dans la pampa. Ne fréquenter presque que des gens sur lesquels on a le dessus, notamment parce qu'on les emploie. Quand elle le voyait dans la glace, son corps lui parlait de ça aussi, de la femme un peu morte à l'intérieur qu'elle était devenue, de toutes ces années passées à traîner, son corps avec ses cicatrices de couteau émoussé, son dos brisé, la peau brûlée de son visage, ses bras durs comme du bois, durs comme son cœur.

Nous avons si souvent l'impression que nos mots ne sont pas à la hauteur *de ce que nous voudrions vraiment dire*, pensait Liv Maria, *que nous oublions que c'est parfois exactement l'inverse qui se produit – que dans la multitude des phrases que nous prononçons, certaines sont plus exactes, plus précises, plus judicieuses que nous ne pouvons le deviner.* C'est ce qui s'était passé pour Ignacio Carrar – il avait parlé juste sans s'en apercevoir. Elle avait soudain commencé à comprendre qu'elle avait fait fausse route. Elle n'avait rien construit. Elle n'avait fait que détruire. Malgré lui, son amant lui avait rappelé qu'elle avait une maison, un pays, une histoire, qu'elle était une fille de l'eau, pas du soleil. Elle avait eu envie de porter un manteau chaud et d'être debout sur la dune, sous une pluie battante de minuit, à regarder la lumière des sémaphores.

Elle était rentrée sur l'île sans prévenir. Ni ses oncles ni elle n'avaient su quoi se dire, comme s'il y avait trop de choses à se raconter mais qu'aucune ne venait aux lèvres. Ils ne s'étaient vraiment sentis bien qu'en allant pêcher tous ensemble comme autrefois, en silence comme autrefois, enfoncés jusqu'au cœur dans leurs waders. Quand ils étaient revenus à la maison, les seaux pleins à ras bord pesant comme du plomb au bout des bras, Liv Maria s'était assise sur le petit banc de bois que son père avait sculpté au couteau pour l'anniversaire de ses quatre ans, elle avait retiré ses bottes, les avait posées soigneusement à leur place dans la remise, et les yeux pleins de larmes, sans les regarder, elle avait dit : *C'était la dernière fois, même si je ne sais pas pourquoi. La dernière fois, mes oncles*. Et elle avait dit vrai. Ses bottes vides, immenses, qui donnaient l'impression d'une paire de jambes n'attendant qu'un coureur, étaient restées là, tandis que les autres bottes continuaient à intervalles réguliers de sortir. Et puis, au bout de trois jours à peine, sur un coup de tête, elle était repartie, comme revenue sur ses pas, mue par l'intuition qu'elle avait oublié quelque chose.

•

Les gens demandaient souvent à Flynn d'où lui venait sa passion pour le bois. Parfois il répondait : *Le bois a commencé à m'intéresser quand j'ai vu le cercueil de mon père*. D'autres fois, il associait plutôt l'éveil de son intérêt à la grande tempête d'octobre 1987, qui avait eu lieu quelques semaines à peine après l'enterrement. Dans la soirée du 15, à l'heure où la plupart des habitants se mettaient au lit, l'intensité des vents n'avait été mentionnée ni à la radio ni à la télévision. Et puis, c'était arrivé sans prévenir, comme la mort – le vent avait pris tout le monde de court. Le lendemain, quinze millions d'arbres arrachés, parmi lesquels on comptait six des sept chênes éponymes de la ville de Sevenoaks, dans le comté de Kent. Des spécimens rarissimes étaient tombés aux Kew Gardens, à Hyde Park, au Chanctonbury Ring. C'était la pire tempête à frapper l'Angleterre depuis presque trois cents ans. Flynn se souvenait d'être resté devant le poste, immobile en pyjama, captivé, tandis que les images à la télévision, des souches centenaires brisées pointant comme des os, se mêlaient inextricablement au visage bleui de son père mort dans son cercueil. La dévastation du paysage, la disparition d'arbres-trésors, un monde entier écroulé, et son monde à lui, détruit aussi. Son père. Les forêts. Tout se mêlait dans la sensation d'absolue vulnérabilité qui l'avait étreint cet automne-là. Il ne savait plus ce qui avait prédominé, ce qui avait été déterminant. Il savait simplement que, quelque part au cours de ces jours-là, l'année désespérée de ses treize ans, il s'était pris d'une passion profonde pour les arbres, le bois, et leurs destins respectifs.

Ses premiers mots forestiers, Flynn les avait découverts et appris à cette époque-là. Il y avait cette idée qu'après les catastrophes on pouvait agir, chercher et inventer des solutions, prendre des mesures, sauver quelque chose du désastre. Un arbre déraciné était un motif de chagrin, mais, correctement débité, stocké et traité, son bois pouvait devenir autre chose, poursuivre sa vie sous une autre forme. Flynn s'était accroché à cette idée.

Après le lycée, il avait intégré l'institut

technologique de Dublin dans la filière bois. Pendant trois ans, il avait appris, touché, sculpté le matériau qui le fascinait. Quand il rentrait chez sa mère pour les vacances, à Lismore où elle avait déménagé, il allait marcher dans les petits bois alentour, observant les arbres, écoutant les oiseaux, essayant d'imaginer à quoi pouvait ressembler cet endroit autrefois. Les bouleaux, les saules et les noisetiers avaient été les premiers arbres à arriver en Irlande, il y avait plus de dix mille ans. Les spécialistes estimaient que les primevères et les anémones étaient apparues sous l'ombre modeste projetée par les bouleaux. Les forêts de bouleaux avaient été rapidement remplacées par des chênes et des ormes, et les noisetiers réduits à des arbustes sous la canopée. D'autres essences comme le sorbier s'étaient épanouies dans les trouées naturelles – alisier blanc, houx, lierre et chèvrefeuille. L'Irlande avait été littéralement un pays d'arbres. Aucun territoire au monde ne possédait davantage de noms de lieux liés au bois. À l'époque des guerres élisabéthaines, la forêt était un refuge pour les rebelles, et ce fut donc aussi ce que les colons détruisirent en premier en s'installant. Ils avaient coupé les arbres comme les têtes, saisi le bois comme la terre, inflexibles, ravis. En une seule génération, les dernières grandes forêts avaient disparu, certaines délibérément brûlées, d'autres pillées pour reconstruire Londres après le grand incendie de 1666, et, surtout, pour alimenter la construction de la flotte anglaise, qui avait permis au royaume de fonder un empire et de gouverner le monde pendant des siècles.

Après l'obtention de son diplôme d'ingénieur, Flynn avait étudié la gestion, effectué plusieurs stages. Tout un été, l'année de ses vingt-quatre ans, il avait travaillé comme garde-forestier, lisant Thoreau, observant les arbres et les petits animaux. Il savait ce qu'il voulait faire, même si ça ne semblait évident qu'à lui. Il voulait travailler dans une scierie. Les gens lui demandaient, surpris : *Toi qui aimes tant les arbres, une scierie ?* Autour de lui, on semblait s'attendre à ce qu'il travaille plutôt dans la *préservation* des forêts, la défense de l'environnement – peut-être, à la limite, comme ébéniste. Mais chaque fois qu'il prononçait le mot *scierie*, ses interlocuteurs sursautaient comme s'il les avait frappés en traître. Pourtant, Flynn tenait bon. Savoir combien d'arbres étaient plantés chaque année pour compenser la déforestation lui importait peu – il voulait être la sentinelle à l'autre bout de la chaîne, il voulait assister les arbres coupés, faire le compte net des disparus, être là dans les moments difficiles, parce que son amour était sincère.

Mais avant de chercher le poste qui serait l'aboutissement de l'éducation qu'il avait choisie et suivie durant les dix dernières années, il avait mis de côté l'argent d'un voyage, pour partir faire une sorte de tour du monde, avant de rentrer chez lui et de commencer la vie qu'il imaginait. Il n'avait que vingt-quatre ans, après tout. Il avait rempli soigneusement un sac à dos de vêtements et de ses livres préférés – *Walden ou la Vie dans les bois, Apple Acre* et le classique *Sylva* – et il était parti.

Il aurait voulu aller voir tous les arbres remarquables dont il avait entendu parler dans les livres et qu'il voyait dans ses rêves – le chêne d'Allouville, en France, l'Old Tjikko, sur la montagne de Fulufjället en Suède, la glycine du parc Ashikaga au Japon – mais malgré ses efforts d'économie il n'avait pas assez d'argent pour visiter tant de lieux épars, si bien qu'il avait dû restreindre ses ambitions. Après réflexion, il avait décidé qu'il irait voir les séquoias géants dans les réserves naturelles américaines, le General Sherman en Californie, et puis ensuite l'arbre de Tule, un cyprès de Montézuma, dans l'État d'Oaxaca au Mexique. Il avait suivi cet itinéraire à son rythme, dormant dans des auberges de jeunesse, grignotant des sandwiches dans les bus Greyhound qui lui rappelaient Kerouac. Après avoir atteint son objectif au Mexique, considérant qu'il lui restait de l'argent, il avait poursuivi sa descente vers le sud, fasciné par la façon dont le paysage changeait à chaque kilomètre parcouru. Il voyageait depuis six mois quand il était arrivé au Chili. Il avait pris un bus, puis un autre bus, puis encore un autre bus. Et là, dans une ville dont il n'avait jamais entendu parler auparavant, alors qu'il pensait avoir vu tout ce qu'il avait à voir, et qu'il s'apprêtait à rentrer chez lui pour commencer sa carrière comme il se l'était toujours promis, il avait découvert une chose plus extraordinaire encore que les arbres extraordinaires qui l'avaient attiré si loin de chez lui – l'amour.

Parce que Flynn n'avait plus rien à lire, l'étudiant qui faisait l'accueil dans son auberge de jeunesse d'Antofagasta lui avait conseillé la Librería Ivens. Une fois entré, timide, un peu égaré, il s'était adressé à une vendeuse juchée sur une échelle pour qu'elle lui indique la section des livres en anglais. Il avait appris la phrase par cœur. *Perdona, donde podria encontrar los libros en inglés ?* Penchée vers lui du haut de son perchoir, elle lui avait répondu en anglais :

— Je ne travaille pas ici.

Il s'était senti un peu froissé – pourtant, redescendue à sa hauteur, une pile de livres dans les bras, elle lui avait souri.

— Mais je peux quand même vous aider. Venez.

Elle l'avait mené jusqu'au rayon anglais. Elle sentait la pluie et les fleurs. Flynn avait du mal à se concentrer. En prenant deux volumes au hasard sur une étagère, il avait dit :

— Vous voulez prendre un verre ?

— Évidemment, avait-elle répondu.

Voilà, c'est comme ça qu'il avait rencontré Liv Maria. Le premier soir, ils avaient bu et marché dans la ville endormie. Les jours suivants, il avait tourné en rond jusqu'au soir où il la retrouvait, pour boire et marcher encore. Elle lui montrait la ville. Il lui parlait des arbres. Elle lui avait dit qu'elle était à moitié norvégienne, et pour lui, cela ajoutait encore à son charme. Une fille des grandes forêts. Une fille du pays du bois et du feu. Quand il la tenait entre ses bras, la nuit, il discernait toujours ce parfum de fleurs et de pluie, une tristesse dont elle ne parlait pas. Il se demandait qui lui avait donné les bracelets d'or qu'elle portait aux poignets. Lorsqu'il lui avait posé la question, elle avait répondu, franche, étonnée : *Moi.* Ce qui l'avait conduit à l'interroger sur ce qu'elle faisait ici – elle semblait absolument désœuvrée, et pourtant elle avait cet appartement et des vêtements coûteux. Son téléphone sonnait souvent, elle répondait en espagnol, il était question de chevaux et d'argent. Elle lui avait expliqué qu'elle était au Chili depuis des années, qu'elle avait récemment essayé de rentrer chez elle mais qu'elle n'avait pas pu, qu'elle était revenue, qu'elle avait fait trop de métiers ici pour tout lui raconter, et qu'elle en avait fini maintenant. Sans transition, elle lui avait proposé de partir en voyage, et il avait accepté. Ensemble, ils avaient remonté la côte Pacifique d'auberge en auberge jusqu'au Guatemala, où, dans les toilettes en bois d'un lodge au bord du lac Atitlán, ils avaient découvert qu'elle était enceinte. Fous de joie, ils avaient trouvé un prêtre douteux qui avait accepté de les marier sur la plage d'El Paredon. Quand ils avaient décidé de rentrer en Europe pour s'installer en Irlande et élever le bébé, il y avait seulement quatre mois qu'ils s'étaient rencontrés.

Mystérieusement, Liv Maria retrouvait dans les cheveux de Flynn l'odeur de plusieurs maisons où elle avait vécu. Quelque part sur son ventre flottait celle des biscuits norvégiens aux épices que faisait son père pour Noël. Dans ses mains, il y avait l'odeur salée de ses mains à elle le jour où elle avait pleuré la mort de ses parents, et parfois aussi une odeur de sciure dans laquelle elle reconnaissait celle de son enfance. Les effluves puissants de son aftershave de voyage l'émouvaient en lui rappelant plusieurs hommes solides qu'elle avait connus et aimés – oncles, travailleurs journaliers, *huasos*. La nuit, quand il dormait à poings fermés à côté d'elle, son corps dégageait même le parfum inoubliable de sa mère, qu'elle avait cru perdu comme tout ce qui était elle, et parfois aussi son haleine était la même que celle des cow-boys taiseux qui avaient été ses amants sur la côte Pacifique. D'emblée, il lui avait paru inexplicablement familier. Il ne lui avait fallu que le temps de descendre de cette échelle pour le désirer – et elle était amoureuse de lui à la nuit tombée. Après toutes ces années d'or sombre avec Carrar, à s'aimer mal, à s'aimer pour de mauvaises raisons, elle avait plongé tête la première dans l'eau fraîche du cœur de Flynn. Avec lui, c'était possible de marcher dans la rue – pas cavaler à cheval en arpentant des terres à acheter, ni rouler en taxi d'un point à un autre, mais marcher simplement côte à côte, dans Antofagasta endormie, en se racontant sans fin des choses. Elle lui avait décrit son accident, et Flynn la tenait solidement, il ne la quittait pas des yeux, il adaptait son pas à son boitillement. Très vite, elle lui avait donné tout son temps. Elle avait arrêté de travailler. Elle avait téléphoné à Carrar, elle lui avait dit : *Je ne reviendrai pas, Ignacio. Jamais. Il est temps de solder nos affaires. Envoie-moi les papiers qui me concernent, et je les signerai. Et après, envoie-moi l'argent.* Au bout du fil, il y avait eu un silence, et puis Carrar avait répondu : *Très bien.* C'était un homme de parole, à sa façon. Il s'était exécuté. Quand elle avait vu la somme sur son compte en banque, Liv Maria avait eu le souffle coupé. C'était comme ça qu'elle avait proposé à Flynn de partir en voyage. Elle avait assez traîné à Antofagasta. Tout ici lui rappelait ses erreurs. Il y avait dix ans qu'elle était au Chili, et elle n'avait fait que des voyages d'affaires ou des déplacements pour le travail. Maintenant, elle voulait tout voir. Elle voulait aller partout avec ce jeune homme de vingt-cinq ans au bon cœur, au tempérament stable, au rire franc. Quand il lui avait dit qu'il était irlandais et qu'il espérait la ramener bientôt chez lui, elle avait pensé, le cœur léger : *Alors je vais enfin aller en Irlande. Après tout ce temps*.

Quand Flynn avait frappé à sa porte à l'heure indiquée, Nora avait ouvert.

Timidement, à sa suite, Liv Maria était entrée.

Elle aurait encore pu faire demi-tour, sans doute.

Si elle n'était pas entrée dans cette maison, si elle avait choisi de reculer à cet instant précis – elle n'aurait jamais su ce qui l'attendait là.

Mais elle était entrée.

Et avec elle, à petits pas, tout son passé déferlant, sur Nora, sur elle, et sur leur famille.

Fauteuils profonds recouverts de tissu broché, rouge et or.

Gravures délicates encadrées, oiseaux sauvages, poissons de rivière, lièvres boxeurs.

Odeur de feu de bois et de biscuits juste sortis du four.

Bonnie Tyler à la radio en fond sonore.

It ain't right
To love someone
The way that I
Depended on
You.

Et puis, tout autour d'elle, partout, partout – les photographies.

Si nettes qu'elle devait garder les yeux grands ouverts pour ne pas pleurer.

Fergus.

Fergus sur les photographies – Fergus plus jeune qu'elle l'avait connu, enfant, au collège, au lycée, à l'université, mais aussi Fergus à quarante ans comme elle s'en souvenait – Fergus sur le pont d'un ferry, Fergus à table avec des amis, Fergus soulevant de jeunes enfants dans ses bras, un petit garçon, deux petites filles, Fergus debout sur un terrain de rugby, en short et chaussettes hautes, Fergus souriant, pensif, endormi, avec des cheveux longs, des cheveux courts, des manteaux, des chemises, dans toutes sortes d'endroits – Fergus jeune, inimaginablement jeune, sur une photo de mariage en noir et blanc.

Liv Maria avait pensé qu'elle devenait folle.

Qu'en posant pour la première fois le pied sur la terre irlandaise, elle réveillait des fantômes, et que si elle reprenait son souffle elle retrouverait la réalité, que ses yeux se dessilleraient et lui laisseraient voir le visage d'un homme étranger.

Elle avait pensé que c'était une illusion, que si elle s'approchait un peu des cadres, elle comprendrait instantanément qu'il ne s'agissait pas vraiment de Fergus, mais seulement de quelqu'un lui ressemblant – un très lointain cousin, peut-être, au pire.

Mais le pire est toujours au-dessus de nos estimations.

En un éclair, Liv Maria avait compris.

Elle était chez lui.

À cet endroit du monde que, des années plus tôt, elle avait scruté si désespérément sur un atlas.

C'était donc ici.

Ses pas l'y avaient ramenée malgré elle, plus de dix ans après l'avoir tant désiré.

L'espace d'un court instant, Liv Maria avait violemment espéré qu'il apparaisse, descendant l'escalier en chaussettes, et s'exclamant sans les voir encore, de sa voix pour elle toujours inoubliable, *Tiens, tiens, alors vous voilà tous les deux, vous êtes arrivés*.

Les muscles de ses pieds se tendaient déjà pour prendre son élan et se jeter dans ses bras, s'enfouir dans son odeur, après toutes ces années – mais à ce moment-là le bébé avait bougé dans son ventre, et Liv Maria était sortie de son rêve.

Et elle avait eu *peur* qu'il apparaisse – qu'aurait-elle dit alors ?

Qu'auraient-ils pu faire, face à face, ici ?

Elle avait regardé craintivement les murs autour d'elle, comme s'ils pouvaient entendre le grondement dans sa tête.

La maison de Nora.

La maison de Fergus.

C'est seulement alors qu'elle avait reçu de plein fouet le souvenir de cette phrase que Flynn avait prononcée dans les premiers jours de leur rencontre, quand ils faisaient connaissance, une phrase que par discrétion elle n'avait pas relevée : *Mon père est mort il y a douze ans.*

Sous ses pieds, le sol s'était dérobé.

Lorsqu'elle avait repris conscience sur le sofa de la bibliothèque où Flynn et Nora l'avaient portée, Liv Maria avait invoqué sa grossesse avancée pour justifier son évanouissement. Pendant qu'on allait lui chercher une tasse de thé, elle avait de nouveau posé son regard sur les photographies. Elle avait su, sans le bénéfice du doute, qu'elle avait épousé ce petit garçon auquel, durant l'été de Berlin, elle n'accordait pas une seule pensée quand son père l'évoquait devant elle.

Interdite, elle regardait à présent son mari par-delà la table du déjeuner, essayant de comprendre comment tant de choses avaient pu lui échapper, comment elle avait pu à ce point échouer à retrouver le père dans le fils. Maintenant seulement, elle apercevait quelques liens, qui ne lui deviendraient que plus flagrants dans les années à venir, mais au premier regard elle n'avait eu aucun indice. Ils ne se ressemblaient pas, ils ne se ressemblaient pas du tout. Flynn était le fils de Nora, il avait ses yeux et sa bouche, et même nu, il avait sa grandeur, sa finesse, une version masculine de sa silhouette élancée, quand son père au contraire était un homme solide, tassé, pas si grand – le père, elle l'embrassait les pieds à plat, le fils, elle devait se dresser sur ses orteils pour l'atteindre. Ils ne dormaient pas dans la même position, ils ne marchaient pas du même pas, ils n'avaient pas la même voix, et ils n'aimaient pas les mêmes choses – *sauf moi*, pensait Liv Maria. Elle était assise là, devant sa belle-mère, devant son mari, portant son fils dans son ventre, et elle brûlait à l'intérieur, en pensant à ce qu'elle avait fait. Malgré elle, elle revoyait Fergus au lit, elle aurait voulu l'oublier mais la vérité était qu'il était inoubliable, elle ne pouvait pas croire que l'homme qui l'avait possédée le premier, possédée à la rendre folle, était désormais mort et enterré. Comment était-ce possible ? Quelle était la chance, la malchance, pour être successivement l'amante d'un père et de son fils ?

C'était tellement inouï. Peut-être aurait-elle pu alors tout dire – pas tout, bien sûr – mais au moins une partie, et cet épisode serait devenu une romantique légende familiale. Pourtant, même s'il lui semblait qu'il aurait pu exister un récit acceptable, ou du moins que dans l'infinité des possibles il se pouvait qu'il y en ait un qui soit moins pire que les autres, elle ignorait lequel. Sur le moment, elle n'avait pas eu assez de ressources pour l'inventer. Il y avait une partie délicate à jouer, et elle avait refusé d'ouvrir le jeu.

Parce que la vérité, ce qu'il aurait fallu dire, c'est qu'elle avait été amoureuse, terriblement amoureuse de cet homme, quand elle avait dix-sept ans, et qu'elle ne s'était pas souciée de ce qu'il était pour d'autres qu'elle. Elle avait été intime avec le père de Flynn, c'est cela qui blesse, l'intimité, jamais le sexe, et même à l'époque il lui semblait se souvenir d'avoir parfois pensé que dans un futur lointain, peut-être, au comptoir d'un bar ou dans un aéroport, elle se trouverait face à l'un de ses enfants, et qu'elle serait incapable alors de s'empêcher de lui dire : *Ton père, je l'ai connu. Je l'ai bu. Il a été l'unique frontière de mon monde, l'espace d'un été.* Mais dans notre mémoire, les gens ne vieillissent jamais, si bien que, les années passant, elle avait continué à penser aux enfants de Fergus comme à des enfants, ils n'avaient pas grandi, ils étaient toujours restés petits pour elle, jamais elle n'avait pensé qu'ils avaient pu depuis devenir des adultes. Elle n'avait jamais pu imaginer que l'un de ces petits enfants pourrait un jour venir jusqu'à elle sous l'apparence d'un homme qui la séduirait comme son père l'avait séduite dix ans plus tôt.

Elle avait repensé au mal sincère qu'elle avait voulu à Fergus, dans son orgueil de jeune fille délaissée, tout ce temps où elle avait vécu dans l'ignorance de sa mort, et elle s'était mordu les lèvres de remords, mais une partie d'elle avait aussi été consolée, ce jour-là chez Nora. Elle n'avait pas assez de temps pour réécrire l'histoire, retracer ce qui s'était produit. Repenser – il fallait tout repenser. Ainsi, il ne l'avait pas abandonnée. Il était simplement mort – mort avec son secret.

Quand elle espérait avoir de ses nouvelles, il était déjà couché sous terre, déjà dévoré par les insectes, déjà poussière rendue à la poussière. Elle aurait voulu aller voir la tombe, et elle la verrait un jour, lorsqu'ils rendraient visite à Nora en novembre et que Liv Maria lui offrirait son bras pour l'accompagner déposer des roses sur la pierre, des roses roses – *Fergus, je pense à toi comme j'ai pensé à toi debout devant ta tombe, un bras sous celui de ta veuve qui me disait avec des larmes*, pink roses, his favorite, that's how he was.

Je sais, aurait voulu crier Liv Maria. *Je sais, je sais. Les fleurs roses, le thé à la bergamote, les mouchoirs en coton. Son sourire un peu en coin, ses mains toujours en mouvement, le tissu de ses chemises tendu sur les muscles puissants de ses bras, ses poils qui se dressaient quand il était ému, comme un feuillage de lierre frémissant sur un mur, et la douceur des pieds, le coupe-ongles dans son étui en cuir, et Shakespeare, Wilfred Owen, Dickinson, Leopardi, et toujours en avance au cinéma, et la viande très cuite, et les lits parfaitement bordés au carré, la technique apprise en pension à Waterford, je sais, ne me dis rien, je* sais, *je n'ai jamais oublié, je n'ai jamais pu*, comme elle ne pouvait pas davantage ce jour-là se laisser aller à son grand chagrin sur la pierre verdie d'herbe devant laquelle Nora l'avait innocemment guidée.

Tous les hommes qu'elle avait eus après lui, Flynn compris, étaient ancrés dans le réel d'une façon qui avait certainement toujours échappé à Fergus. Il était si glissant, insaisissable, avec ses lapsus, ses jeux de mots, ses étranges coquetteries. Non. Des cow-boys, des hommes de poigne, des prolétaires, des hommes terre à terre – voilà ceux auxquels elle s'était alliée par la suite, inconditionnellement, des années durant, mais plus jamais ce type de l'intellectuel émotif, du linguiste poète, plus jamais des hommes qui pleuraient au cinéma, plus jamais des buveurs de cocktails à la cuillère, et à part Carrar qui était l'exception qui confirme la règle, plus jamais des hommes en âge d'être son père – comme si elle avait pensé, malgré elle, confusément, à tort, que c'était là que résidait le danger, la fatalité qui finirait par la frapper, en traître, d'un coup brusque sur la nuque.

Mais elle avait laissé cette vie derrière elle, et aussi difficile que ça ait été de le comprendre sur le moment, elle se trouvait à présent dans un cottage irlandais paisible, avec l'homme de sa vie et sa mère, et un enfant grandissant sous son nombril, cernée de photos de son premier amour, qui était mort.

Comme un cheval dopé, entraîné depuis sa naissance à franchir des obstacles sans les regarder, elle avait été incapable de reculer, incapable de freiner ni de faire demi-tour. Elle avait sauté vers l'avenir.

Elle allait avoir un enfant. Pour la première fois de sa vie. Elle allait avoir un enfant avec l'homme qu'elle aimait. C'était une chose si colossale qu'il semblait qu'il n'y avait pas d'espace pour dire ce qu'elle aurait pu avoir à dire, aussi important que ça puisse être. Fergus était mort et son bébé allait naître. *À quoi bon ?* avait-elle pensé. *Je suis la seule à me rappeler tout ça. Personne ne le sait. Personne n'a besoin de savoir. Personne ne saura. Ce n'est que de la tristesse. Il est mort, il est sous terre, très profond, je ne suis pour rien dans sa mort, et maintenant je porte cet enfant. J'ai aimé deux hommes de la même famille mais je l'ignorais jusqu'à maintenant, et je les ai aimés à douze ans d'intervalle. Je suis innocente. Qui pourra juger de ça ? C'est entre lui et moi. J'ai toute une vie à vivre.*

Et elle avait entrepris de vivre avec sa culpabilité, avec ses souvenirs, avec ses questions, et avec le lourd anneau d'or, massif, de l'alliance qu'elle voyait se balancer au bout d'une chaîne au cou de Nora après l'avoir regardée si souvent reposer sur le marbre de sa table de chevet tandis que Fergus la prenait en cuillère dans l'appartement de la Graf-Spee-Strasse.

En Irlande demeure vivace une superstition très ancienne, qui interdit de refuser l'hospitalité à un étranger, car qui sait qui cet étranger pourrait être ? Nora avait souvent écouté ses amies lui décrire leurs belles-filles, et voilà que soudain elle en avait une elle aussi. Elle considérait cet objet étrange – cette fille qui semblait rendre son fils si heureux et qui ne lui ressemblait en rien, à elle. Elle devait avoir une trentaine d'années, elle était tout enveloppée du halo doré de sa première grossesse, elle boitait légèrement. C'était, à tous les sens du terme, une étrangère. Et pourtant, dès que Liv Maria avait ouvert la bouche, ce qui avait frappé Nora avait été exactement le contraire de l'étrangeté – la familiarité. C'était un peu comme de regarder quelqu'un à travers un judas déformant : loin et proche à la fois, à peine arrivée et déjà là, aussi familière qu'incompréhensible. Et elle avait été étonnée de penser à Fergus, à ce moment-là – parce que les photographies éparpillées partout dans la maison servaient uniquement à ça : lui permettre de ne plus le voir, à force de le voir. L'oublier.

C'est difficile d'expliquer pourquoi un mariage ne fonctionne pas, pourquoi deux personnes qui se sont pourtant aimées peuvent en arriver à se sentir si mal dans la même maison, dans la même pièce. Comment la magie disparaît. Comment un paysage qui nous a autrefois semblé inépuisable devient aussi ridicule que le papier peint d'une maison qu'on déteste. Quand elle regardait Fergus, Nora voyait d'abord son propre manque de lucidité, son orgueil, qui l'avaient poussée à épouser un homme qui agacerait ses parents, sans saisir qu'il finirait nécessairement par l'agacer elle aussi. Elle se sentait comme ces poissons qui se tortillent pour se recouvrir de sable au fond de la mer – elle se disait qu'elle avait fait ça toute seule. Il lui avait paru si mystérieux, au départ, qu'elle avait pensé qu'elle n'aurait pas assez d'une vie pour en faire le tour. Il semblait l'antidote évident à l'ennui, et puis, très vite, en quatre années peut-être, après la naissance de Flynn mais avant celle de Caitrin, elle avait compris que l'homme qu'elle avait choisi n'était pas tant mystérieux que léger, incohérent, et que c'était uniquement pour ça qu'elle ne le comprenait pas. Il n'y avait pas de grand secret, pas de grande épiphanie. Quand on aime quelqu'un, ses défauts nous demeurent inconnus, comme s'ils étaient des pleins s'encastrant parfaitement dans nos creux, mais sans amour, tout le monde est invivable. Les vêtements de Fergus, son odeur, ses plaisanteries, ses plats préférés qu'il espérait sans cesse qu'elle prépare – elle détestait tout. Le simple fait de le sentir dans la maison la rendait nerveuse, pourtant quand il avait fini par décider de rester travailler chaque jour dans son bureau de l'université, elle ne s'était sentie qu'à moitié mieux. À trente-huit ans, elle aurait voulu être seule avec ses enfants, mais elle n'assumait pas ce désir. Elle aurait voulu que Fergus lui donne la moitié de son salaire tous les mois et qu'elle ne le voie jamais, mais ce n'était pas possible, ce n'était pas comme ça que ça marchait. Elle savait qu'elle aurait pu divorcer, mais elle ne voulait pas être divorcée. Elle aurait voulu qu'il soit quelqu'un d'autre, ou être elle-même quelqu'un d'autre, ou avoir fait un choix différent. Pourtant, parfois, quand ils marchaient ensemble dans la rue avec les petits, elle avait des vagues de tendresse pour lui, parce que l'espace d'un instant elle parvenait à voir leur famille comme un inconnu pouvait l'imaginer en les apercevant de l'autre côté du trottoir – le beau professeur et son épouse élégante, et leurs trois enfants qui se donnaient la main en souriant, l'image même du bonheur. Quand il rentrait du travail, elle levait les yeux vers lui et dans ce même mouvement voyait sa maison propre, meublée avec goût, ses enfants merveilleux, occupés à colorier sur la table en bois, et elle se voyait elle-même, en pleine maîtrise des éléments, si parfaite, si accomplie, et elle était saisie par ce qui était la plus grande qualité de Fergus – l'enthousiasme. Il était toujours de bonne humeur, toujours souriant, elle en était venue à le détester pour ça aussi la plupart du temps, mais parfois, sur un malentendu, il parvenait encore à la cueillir, il passait la porte avec son sourire éclatant, et l'espace d'un instant elle l'aimait, elle y croyait, elle imaginait que ça fonctionnait. Mais le tempérament de Nora était bleu-noir comme un ciel d'orage, c'était sa façon de considérer le monde, et le plein soleil de Fergus la blessait.

À défaut de pouvoir revenir en arrière, elle s'était juré de ne jamais avouer à quiconque la déception qu'avait été son mariage. Après la mort de Fergus, elle n'avait rien évoqué d'autre que les apparents bons souvenirs – les repas joyeux pris tous les cinq, les vacances, les soirées devant la cheminée, les petits mots des enfants, les anniversaires, les promenades sur la plage. Ses enfants, elle le savait, ne soupçonnaient rien ni n'avaient jamais rien soupçonné de leur mésentente. À leur demande, inlassablement, elle racontait encore et encore les anecdotes préférées, mettant Fergus en scène comme un personnage adoré, le héros de la famille, trop tôt disparu. Elle leur bâtissait une fiction à laquelle elle-même finissait parfois par croire, brièvement.

De cette histoire, il y avait cependant deux chapitres qu'elle ne partageait avec personne, jamais, et c'étaient eux qui la maintenaient en contact avec la vérité. Le premier concernait le désir qu'elle continuait de ressentir pour Fergus, des années après sa mort. Son menteur de mari, son génie de mari. Un amant-né, voilà ce qu'il était. Et chaque fois qu'elle pensait à ses manques, à ses fautes, elle avait en même temps un grand frisson d'excitation, et un regret, de penser que le corps qui avait su faire ça à son corps à elle, l'emmener dans ces endroits-là, était maintenant redevenu poussière. Après l'enterrement, très vite, elle avait été courtisée par des hommes de la région. Certains, elle avait toujours su au fond qu'elle leur plaisait, mais d'autres avaient été une véritable surprise. Elle était allée aux premiers rendez-vous coiffée, maquillée, parfumée, pleine d'énergie et de curiosité, et elle avait cru mourir. Des hommes ennuyeux, plats, dont elle avait supporté stoïquement la conversation répétitive dans le seul but d'en arriver au lit, et alors, la faillite totale. L'inconfort. Le sexe sans la magie, sans la chaleur. *J'ai vraiment tout perdu*. C'était là, peut-être, qu'elle avait pleuré Fergus avec le plus de sincérité.

Ces émotions étaient embarrassantes, mais un souvenir l'était encore plus.

Quand elle s'était penchée sur lui, le dernier soir, Fergus n'était pas encore mort. Le bruit de sa chute dans l'escalier l'avait réveillée. Elle avait vu la place vide dans le lit à côté d'elle. Elle s'était levée dans le silence de la maison. Quand elle avait aperçu son corps par terre au rez-de-chaussée, elle avait descendu les marches jusqu'à lui, elle s'était accroupie, paumes à plat sur le parquet, et elle avait perçu sa respiration. Elle était restée interdite, comme prise en flagrant délit, brusquement aux aguets. Dans le silence, elle n'écoutait que son souffle. Elle aurait pu appeler les secours – il y avait peu de chances qu'il s'en sorte, quelque chose en elle le savait et elle savait que quelque chose en lui aussi le savait, même s'il était probablement inconscient, mais il restait certainement un tout petit espoir, et elle aurait pu les appeler, elle aurait dû, c'est ce que n'importe qui, n'importe quelle épouse aurait fait. Pourtant, elle n'avait pas bougé. Elle était restée debout au-dessus de lui à l'écouter mourir, jusqu'à ce que tout soit vraiment fini. Quand elle avait enfin appelé les secours, il faisait jour.

Flynn et Liv Maria étaient rentrés en Europe à l'automne 2001, avec la résolution de s'installer dans le comté de Cork. Flynn avait trouvé du travail à la scierie de Fermoy, et ils avaient estimé tous les deux qu'avec l'arrivée du bébé poser leurs valises à proximité de chez Nora serait sans doute une bonne idée. *Vraiment ?* s'était demandé Liv Maria plusieurs fois, en secret, pendant que Flynn dormait la tête sur son épaule dans l'avion qui les ramenait. *Une bonne idée, de vivre à moins d'une heure de voiture de ma belle-mère ?* Elle avait été un peu nerveuse à l'idée de rencontrer Nora, même si elle caressait secrètement l'ambition de savoir la tenir à distance si besoin était – ou plus précisément : elle n'avait envisagé *que* de la tenir à distance. Davantage qu'elle ne voulait l'admettre, elle redoutait le contact avec une femme dont l'âge lui rappellerait que sa propre mère ne l'avait jamais atteint. L'idée qu'avoir un enfant l'engagerait dans une belle-famille la déprimait complètement, comme quand elle allait acheter des chaussures et qu'elle devait pratiquement se battre avec la vendeuse qui voulait lui vendre le cirage correspondant. S'il y avait une chose que Liv Maria redoutait, c'était qu'on alourdisse son fardeau malgré elle. Elle pesait déjà huit bons kilos de plus – elle avait prévu de garder ses distances.

Mais elle aimait Flynn, et Flynn aimait sa mère. Même si elle refusait de le formuler avec des mots, Liv Maria savait qu'elle ignorait tout des bébés, et Nora en avait eu trois, qu'elle était apparemment parvenue à mener sains et saufs jusque sur les rivages de l'âge adulte. C'était difficile à admettre, mais un peu d'aide ne serait peut-être pas superflue, le moment venu. Enfin, elle n'avait pas de contre-proposition à mettre sur la table – sans pouvoir expliquer exactement pourquoi, elle ne se voyait pas ramener Flynn et le bébé sur son île à elle, pour vivre sous le regard de ses oncles et de tous les gens qui l'avaient vue grandir. Elle était d'accord pour aller en Irlande.

Après le choc de ce qu'elle avait appris le premier jour, si son impulsion initiale avait été de fuir en courant le plus loin possible de ce nœud cornélien qu'ils formaient tous les trois dans la petite cuisine blanche de Nora, elle avait finalement décidé de rester, de faire face, d'endosser sa responsabilité et d'essayer de la comprendre – une résolution motivée en partie par la pure curiosité qui semblait avoir toujours été un trait majeur de son tempérament. D'une certaine façon, la distance n'était plus la question – où qu'elle vive à la surface de la Terre, elle ne pourrait échapper au rayonnement du passé, aux conséquences de ses actes. Et puis changer les plans brusquement soulèverait des interrogations, des soupçons même, peut-être. Comment se justifierait-elle devant Flynn, devant Nora ? Bien sûr, elle pouvait prendre le risque de se brouiller avec cette dernière – mais en fait, non. La Liv Maria qui était entrée, ignorante, dans cette maison, se serait débarrassée de sa belle-mère sans un battement de cils, mais celle qui était sortie par la même porte quelques heures plus tard était une personne résolument différente. Là aussi, la curiosité était une explication. Elle avait partagé un homme avec cette femme, après tout. Voilà qu'elle la rencontrait enfin, non pas la mère de son époux, mais l'épouse de son premier amant – un personnage autrement plus fascinant. L'autre femme. La légitime. La veuve. Et donc il y avait aussi ça qui pesait son poids d'or dans la balance – le désir ou le besoin inavouable de ne pas s'éloigner de la large tombe de granit du cimetière St Carthage de Clashmore, dans le County Waterford, qui n'était qu'à vingt-cinq minutes par la route nationale.

— Alors, tu es toujours d'accord pour t'installer ici ? lui demanda Flynn en passant un bras autour de son ventre, quelques jours plus tard, pendant qu'ils se promenaient sur le port de Castletownbere en attendant le ferry qui devait les amener à Bere Island.

— Oui, répondit-elle d'une voix claire, déterminée. C'est parfait.

Un petit marché s'était installé sur le port, et au stand d'un bouquiniste Flynn trouva le dernier recueil de poèmes de Ted Hughes. L'ouvrant au hasard, il sourit, puis lut à haute voix pour Liv Maria :

— *Je t'ai fait venir dans le pays dont je rêvais / Je t'ai menée comme une somnambule / Dans mon pays de totems.*

Elle sourit en retour. Flynn tendit le livre au camelot, paya. Ils montèrent dans le ferry. Le titre du poème, comme elle devait s'en apercevoir plus tard, tenait en un seul mot : *Erreur*.

Conformément à leurs plans, quelques semaines plus tard, ils avaient sillonné la campagne autour de la scierie pour trouver une maison. Des heures en voiture tous les deux, à s'arrêter partout où une propriété en vente leur avait été signalée. Ils avaient visité les maisons main dans la main, en écoutant les monologues des agents immobiliers leur vantant les jardins, les cuisines équipées ou la lumière du matin lorsqu'elle baignait les *pièces à vivre*. Ils avaient passé leurs paumes sur les murs, entrouvert les placards, fait glisser leurs pieds sur les parquets cirés, hésitants, incertains quant à ce qu'ils voulaient exactement, débutants. La propriété les effrayait en même temps qu'elle leur semblait une étape nécessaire, désirable, mais ils ignoraient ce qu'il fallait regarder, ils étaient polis et empruntés, ils s'arrêtaient au bord des routes pour boire le café de leur thermos en essayant de parler ensemble de la dernière maison visitée, et ils repartaient en chasse, pleins d'espoir et d'ambition pour l'étape suivante. Liv Maria n'avait jamais fait une chose comme celle-là – elle avait loué des appartements ou des haciendas, sur des coups de tête, sans même y penser, toujours seule, les yeux fermés, investi des espaces sans les évaluer avant de sortir choisir dans un magasin de meubles le minimum nécessaire pour s'asseoir et dormir, compléter le mobilier laissé par le fugitif précédent, elle s'était coulée dans les existences des autres – mais cette fois, elle n'était pas seule, elle était avec Flynn, ils cherchaient un endroit où vivre, un nid pour leur famille, et la nouveauté du défi les rendait presque superstitieux.

Et un jour, au bout d'un mois de recherche, ils la trouvèrent enfin – la maison. Grande bâtisse en pierres de deux étages, munie d'une verrière donnant sur un terrain d'un hectare, couvert d'herbes hautes. À l'intérieur, tout était en bois, murs, sol, plafonds – c'était la maison des rêves de Flynn. Dans les couloirs, le parquet avait été peint en bleu foncé, et c'était comme marcher sur la mer. Il y avait cinq chambres, un grenier, deux salles de bains, une arrière-cuisine avec un évier Belfast, une cheminée dans le salon, des recoins, des paliers, des étagères intégrées appelant des livres et de petits objets ramassés dans des promenades, pommes de pin, cailloux. Lorsqu'on sortait sur la terrasse couverte, on voyait le terrain en pente, avec des bouleaux, des arbres fruitiers et des buissons de crocosmias d'un orange flamboyant. Sur toute la façade avant, un rosier ancien grimpant déroulait ses lianes jusqu'au premier étage.

— C'est un Nahéma, avait dit le propriétaire à Liv Maria, alors qu'ils étaient tous les deux dans la cuisine à attendre que l'eau du thé chauffe dans la bouilloire pendant que Flynn arpentait le jardin.

C'était un homme âgé aux gestes d'une extrême délicatesse, qui faisait par extraordinaire la visite lui-même, en l'absence d'un représentant de l'agence. Il avait ajouté :

— Je l'ai planté quand je suis arrivé ici, le premier jour, il y a trente-huit ans.

— Pourquoi est-ce que vous partez ? avait demandé Liv Maria, parce qu'elle avait déjà commencé à aimer la maison.

Le vieil homme avait souri sans répondre.

— Les gens, avait-il fini par dire, ils arrivent ici avec leurs mètres rubans ou leurs télémètres, ils veulent savoir combien coûte le chauffage tous les mois, pourquoi la terrasse n'est pas bétonnée, si le plafond supportera le poids du marbre qu'ils se voient déjà installer dans ma salle de bains. Mais ce n'est pas ce genre de maison.

— Non, avait dit Liv Maria.

— C'est la première fois, n'est-ce pas ? Que vous cherchez une maison. Vous n'y connaissez rien, ni vous ni lui.

— Non, en effet.

— Pourtant vous avez compris. Elle est à prendre ou à laisser. Elle a toujours été comme ça. Quand je suis venu ici, je ne savais rien à ce sujet, moi non plus. Je ne savais même plus qui j'étais. Mais la maison m'a appelé. Et après, elle a pris soin de moi, elle m'a refait à son image. Maintenant je suis prêt à partir. Elle vous plaît ?

— Beaucoup, avait dit Liv Maria, et c'était vrai.

— Alors prenez-la. Elle est à vous. Elle est à votre monsieur aussi.

Par la fenêtre, elle voyait Flynn poser sa paume sur tous les arbres, les yeux grands ouverts comme un enfant.

— Il va travailler à la scierie, avait dit Liv Maria.

— C'est pour ça, alors. Mais il ne coupera pas les arbres ici.

— Non. Il ne le fera pas.

— Prenez-la. Est-ce qu'elle est trop chère pour vous ?

— Non.

— Alors l'affaire est faite, si vous voulez bien.

Ils avaient bu le thé en silence. Une phalange manquait à l'annulaire de sa main gauche, et quand il avait vu que Liv l'avait remarqué, il avait soufflé :

— Dites-lui de ne jamais oublier ses gants, à la scierie.

— C'est comme ça que c'est arrivé ?

— Non. Mais ça ne change rien.

Flynn les avait rejoints, légèrement titubant, comme ivre de sa promenade parmi les arbres.

— Qu'est-ce que tu en dis, Liv Maria ?

— Elle est parfaite.

— Prenez-la, avait répété le vieil homme. Vous n'en trouverez pas de meilleure. J'ai eu une famille ici, autrefois. À présent, c'est à vous d'avoir votre famille. Je vous expliquerai comment tailler le rosier. Mais pour le moment, venez boire le thé avec nous. Nous avons tout le temps du monde, maintenant.

Après, ils avaient passé une semaine à choisir des lits, des fauteuils, des étagères et des tables dans les magasins de la région. Le jour de l'emménagement, trop enceinte pour porter des cartons, Liv Maria avait regardé s'accumuler les meubles comme des incarnations de tous les mots qu'elle n'avait pas dits. Au départ, elle avait eu un mauvais pressentiment, mais à la fin de la journée elle en était venue à espérer que peut-être ses péchés pourraient, sous cette nouvelle forme domestique, devenir des lares qui les protégeraient.

Ils s'étaient installés, ils avaient fait leur nid. Un jour très tôt en janvier, leur bébé était né à la maternité de Cork – un fils, Gary, avec lequel ils avaient plongé tête la première dans le tourbillon des nuits entrecoupées, des matins bleus, des petits pleurs. Plus de cinq mois plus tard, quand ils avaient commencé à reprendre pied, un soir où, l'enfant enfin couché, ils étaient tous les deux assis dans le salon à boire un verre de vin, Flynn avait dit soudain :

— On devrait organiser une fête !

— Une fête ? avait répété Liv Maria en riant. En quel honneur ?

— Pour le bébé et la maison. On a une pendaison de crémaillère de retard, non ? Et on n'a vu pratiquement personne depuis qu'on est là. Il est temps que ça change.

— Mais qui est-ce qu'on va inviter ?

— Des voisins. Mes vieux amis. Après tout, j'ai vécu toute ma vie par ici. Il y a beaucoup de gens que j'aimerais te présenter, depuis le temps.

Elle avait frissonné à l'idée de *ces gens*, mais elle avait accepté. Ils avaient fixé une date le soir même, et elle avait laissé Flynn s'occuper des invitations.

Le jour venu, elle avait été stupéfaite par le nombre de visages qui s'étaient présentés sur son seuil.

— Est-ce que tu as invité tout le comté de Cork ? avait-elle murmuré à Flynn entre deux portes.

— Non, j'ai aussi invité ceux de Waterford, avait-il répondu, malicieux, rayonnant.

Il y avait sa mère et ses sœurs, Sadie et Caitrin, avec leurs petits amis respectifs. Il y avait ses anciens camarades de classe, et même quelques professeurs, des connaissances du pub, d'autres de l'équipe de foot, des collègues de la scierie et leurs épouses, les voisins d'autrefois, les voisins d'aujourd'hui, un frère de Nora, le dentiste de la famille, des cousins, des cousines, des parents par alliance, des enfants, des nouveau-nés.

Instinctivement, Liv Maria s'était réfugiée dans la cuisine. C'était un soir de printemps particulièrement doux, et par la fenêtre au-dessus de l'évier elle pouvait regarder cette foule qui se mouvait dans son jardin, sous les lampions que Flynn avait passé l'après-midi à installer, le couffin posé à côté de lui dans l'herbe. *Je crois que la dernière fois que j'ai vu autant de gens réunis, c'était dans une arène.* Pourtant, elle était plus curieuse qu'effrayée, au fond – plus désireuse d'épier que de se retirer. Elle allait vivre avec ces gens, ici. C'était une décision qu'elle avait prise. Cet homme, cette maison, cette communauté. Sous les arbres, les visages étaient souriants, ouverts. Ils paraissaient heureux de se retrouver et faisaient le tour de la maison avec de petits cris d'approbation. *Bientôt, je connaîtrai le nom de chacune de ces personnes, et elles me seront familières*, avait-elle pensé, et puis, juste après : *Est-ce qu'ils connaissent déjà mon nom, eux ?* Des amis d'autrefois. Est-ce qu'il pouvait se trouver dans cette fête quelqu'un qui avait eu vent de l'histoire de Fergus ? Quand il était mort, si imprévisiblement, en tombant dans l'escalier au beau milieu de la nuit, avait-il eu le temps de prévenir quelqu'un, pour intercepter ses lettres ? Ses petits courriers passionnés, où pouvaient-ils se cacher aujourd'hui ? Elle aurait voulu plonger sa tête dans le bol de punch aux fruits et disparaître de leur vue. À défaut, elle était montée vérifier que Gary dormait toujours. Sur le seuil de sa chambre, elle avait écouté sa respiration régulière. Revenue dans la cuisine, elle s'était servi deux doigts de brandy. L'alcool avait un goût métallique dans sa bouche. Elle avait regardé de nouveau par la fenêtre, scrutant les visages les uns après les autres, comme si la réponse pouvait être aussi évidente. La fête battait son plein. Une arène dans son jardin.

Elle était perdue dans ses pensées quand la porte de la cuisine s'était doucement ouverte sur un homme d'une cinquantaine d'années, au visage léonin et aux yeux vifs, vêtu d'un costume en lin un peu trop habillé pour l'occasion.

— Ah ! s'était-il exclamé gaiement. Je me doutais que je vous trouverais là. Enchanté, je suis Richard, le compagnon de Sean. Mais ça ne vous dit sûrement rien. Sean connaît Flynn depuis l'école primaire, sauf erreur de ma part. Il est écrivain – et moi, pour le dire simplement, je m'occupe de la maison. Je voulais vous féliciter pour ceci.

Il avait tendu une main vers elle – il tenait entre ses doigts un petit biscuit au gingembre.

— Il y a longtemps que je n'avais pas mangé d'aussi bons *pepperkaker*, même si je ne vous cache pas que c'est un peu étrange d'en manger en cette saison.

Elle avait souri poliment.

— C'est la recette de mon père. C'est vrai que ce sont plutôt des gâteaux de Noël, mais j'avais envie de quelque chose de rassurant, aujourd'hui.

Richard l'avait regardée avec attention et, dans sa nervosité, elle s'était demandé si elle ne venait pas de se trahir. Elle peinait à réfléchir, elle se sentait inexplicablement fatiguée, d'un coup. Ils se tenaient tous les deux dans la cuisine, elle appuyée contre le plan de travail, lui la dévisageant de son regard toujours perçant. Au bout d'un moment, il lui avait dit :

— On ne devinerait jamais que vous avez eu un enfant il y a si peu de temps.

À son tour, elle l'avait regardé. Son visage n'avait pas bougé. Est-ce que c'était un piège ? Avec hésitation, elle avait répondu :

— Non. Mais on devine relativement peu de choses de manière générale.

Et alors il lui avait souri d'un coup – son visage soudain illuminé, radieux, comme s'il venait, dans une contrée étrange et menaçante, de retrouver au moment le plus opportun une compatriote.

— Exact ! Exact, Liv Maria. On ne devine rien. On finit simplement par comprendre. Mais ça nous demande un temps infini.

Il avait bu une gorgée de vin du gobelet en plastique qu'il tenait à la main, puis :

— Parce que les gens murmurent – les gens se trahissent, ils commettent des erreurs, ils croient dire ce qu'ils disent et taire ce qu'ils taisent, mais bien sûr ils font l'inverse, à leur insu. Les gens murmurent, ils parlent avec leurs cils qui battent, avec leurs oreilles qui rougissent, avec leurs fautes de frappe, et nous les lisons à livre ouvert, à notre insu. Les gens murmurent, et nous les entendons, mais le message est parfois si clair que nous cherchons des complications. Pourtant, dans ce que nous taisons en croyant le dire, ce que nous disons en croyant le taire, nous sommes dans notre vérité, d'un coup.

C'était peut-être à ce moment-là qu'ils avaient commencé à devenir amis – quand sans le savoir Richard avait mis les mots exacts sur ce qu'elle ressentait, après l'avoir dénichée dans la cuisine où elle se cachait. Il y avait là quelque chose qui aurait pu l'effrayer, mais elle avait senti, d'emblée, qu'il serait de son côté, par principe, par connivence. De nouveau, il lui avait souri.

— Maintenant, venez, Liv Maria. Il est temps d'aller saluer vos invités. Je vais vous accompagner.

Elle avait pris son bras et elle était sortie

avec lui dans le jardin, réconfortée, pleine d'énergie. Elle avait bu les verres que Richard lui apportait, elle avait écouté des histoires et raconté quelques-unes des siennes, elle avait aidé des enfants à grimper aux arbres et serré des mains. La soirée avait été merveilleuse, les derniers invités étaient partis au petit matin.

Elle avait été réveillée à cinq heures par une violente nausée. Penchée au-dessus des toilettes, elle avait vomi tout ce qu'elle avait bu. Elle s'était déshabillée pour prendre une douche avant d'essayer de grappiller quelques heures de sommeil supplémentaires. Malgré sa confusion, le reflet de son corps nu dans le miroir l'avait arrêtée, net.

Elle était enceinte.

Huit mois plus tard, elle avait mis au monde Colm. Quand elle se promenait avec ses deux fils dans le village, les gens s'arrêtaient pour dire, penchés au-dessus de la poussette, les yeux grands ouverts, sincèrement surpris : *Ils sont si* différents ! Et c'était vrai. Physiquement, pourtant, Colm ressemblait à Gary, même sur les échographies, c'était le même profil, le même morphotype quand il était né, le même dos long, le même poids, les mêmes cheveux de soie collés, mais on voyait au premier regard que ce n'était pas du tout le même bébé. L'assurance de son premier-né captivait Liv Maria, sa façon de rayonner, littéralement, de sembler se suffire si parfaitement à lui-même – il lui rappelait la femme sereine qu'elle avait brièvement été et qu'elle doutait de redevenir un jour. Gary, l'enfant solaire qu'elle avait conçu au temps de l'innocence, en se sentant ouverte comme une fleur, pivoine, magnolia, sur le lit frais d'une chambre d'hôtel au Guatemala, toutes fenêtres poussées, lui rappelait la personne qu'elle était alors, si différente de celle qui un peu moins d'un an plus tard, pas tout à fait remise encore de son accouchement, la poitrine tendue de lait, pesante, mouillée, avait escaladé Flynn pendant la sieste du petit, mue par le besoin furieux d'avoir un deuxième enfant, par amour pour le premier, oui, mais aussi parce qu'elle voulait un poids dans chaque main, la maintenant fermement au sol, lestée. Cela avait été sa façon à elle d'essayer de s'assurer qu'elle ne partirait pas, de se promettre de rester là, avec sa famille. Jamais elle n'oublierait comment elle avait pressé durement sa bouche gercée, ses hanches encore lourdes, contre le corps de son jeune mari, désorientée par la fatigue et la nouveauté, désorientée tout court, désirant ce deuxième enfant plus, sans doute, qu'elle n'avait voulu le premier, parce que celui-là, s'il lui venait, s'il naissait, serait le signe qu'elle avait tout de même le droit de vivre, avait le droit d'être une mère, en toute connaissance de cause. Elle l'avait conçu dans la crainte, dans l'inquiétude, dans les remords, et quand les deux barres roses s'étaient affichées sur l'écran du test de grossesse, Liv Maria avait revu en un flash les barres parallèles sur lesquelles elle avait accompli une partie de sa rééducation, à l'hôpital Van Buren, trois ans plus tôt, et elle avait pensé : *Voilà, c'est un bébé, c'est une rédemption*. Le jour venu, dans la chambre éclatante de blancheur sous les néons, lorsque la sage-femme lui avait dit qu'elle pouvait le prendre maintenant, elle l'avait saisi délicatement par les épaules pour le remonter jusqu'à sa poitrine. Elle avait plongé les yeux dans les siens, et elle avait su qu'il savait. Dès la première seconde, Colm lui était apparu comme un allié, en même temps qu'il incarnait, inévitablement, d'une certaine façon, ce qu'elle redoutait le plus : elle-même. Il y avait eu beaucoup d'autres émotions ce jour-là, le soulagement de le voir en vie et rose et brun et parfait, l'amour comme s'il en pleuvait, la fierté de Flynn debout à côté d'elle pour la deuxième et dernière fois, mais dans les yeux noirs et opaques de Colm nouveau-né, l'espace d'un instant, elle avait tout vu défiler.

Quelques semaines après la naissance de Colm, Richard était passé boire un café dans l'après-midi pendant la sieste des petits, et lui avait demandé de but en blanc :

— Liv Maria, est-ce que tu lis des livres ?

— Oui. Pourquoi est-ce que tu me demandes ça ?

— Je veux dire, est-ce que tu lis *vraiment* des livres ?

— Mais oui, avait-elle dit en levant ses mains vers les étagères. Regarde autour de toi.

— C'est beaucoup plus compliqué que ça. On ne sait jamais si les gens lisent vraiment. C'est une des choses les plus difficiles à établir, en fait. J'ai vu les livres dans ta maison. Tu as vu les livres dans ma maison. Mais depuis presque un an que nous nous connaissons – que nous nous fréquentons – nous n'en avons jamais parlé ensemble. Réfléchis.

Tu vois ce que je veux dire ? Ça pourrait aussi bien être un élément de décor, pour toi comme pour moi. Il y a des gens qui font ça. Ou ça pourrait être la bonne vieille histoire – quelqu'un t'offre un bibelot en jade, que tu poses quelque part et que tu oublies, mais tous tes visiteurs le remarquent, eux, et en moins de temps qu'il n'en faut pour dire *stop*, tu te retrouves avec une collection. Tu vois ce que je veux dire ?

— Oui. D'accord, avait acquiescé Liv Maria. Mais ce n'est pas ça, en l'occurrence. Ce sont vraiment mes livres.

— Et tu les as *lus ?*

— La plus grande partie, oui.

Liv Maria avait du mal à s'empêcher de sourire, pourtant Richard semblait profondément sérieux.

— Pourquoi tu me demandes ça, Richard ?

— Parce qu'il se trouve que ma librairie préférée va fermer. Si personne ne se porte preneur pour la reprendre, je devrai multiplier par deux mon temps de trajet pour trouver de la lecture. Et je n'ai pas envie de faire ça.

— Mais quel est le rapport avec moi ?

— Eh bien, comme tu dis, j'ai *regardé autour de moi*. Tu as des livres. Beaucoup. Et, sauf erreur de ma part, tu n'as pas de travail. Alors j'ai pensé que, si par chance il se trouvait que tu étais vraiment une lectrice, peut-être que tu serais intéressée par la librairie. C'est un peu plus haut sur la Blackwater, à Ballinaclogh.

Elle avait réfléchi un peu. Quand les enfants s'étaient réveillés, elle avait attaché les sièges auto dans la voiture de Richard pour aller voir l'endroit. Pendant qu'ils roulaient, elle lui avait demandé :

— Et toi, tu aimes les livres ?

— Plus que tout, Liv Maria. Plus que tout.

— Alors pourquoi est-ce que tu ne la reprends pas toi-même, cette librairie ?

Au mépris de toute prudence, même sur cette petite route de campagne, Richard avait tourné brusquement son visage vers elle pour lui répondre :

— Je vis avec un écrivain, Liv Maria. Je ne peux tout simplement pas. Il ne me le pardonnerait jamais.

— De vendre des livres ?

— D'autres livres que les siens.

La librairie était située à l'entrée d'un village, dans sa rue principale. Deux fenêtres et une porte ouvraient sur un trottoir étroit, et la façade peinte en rouge attirait le regard. À l'intérieur, le plafond bas donnait l'agréable impression d'être dans une cachette, un creux dans un arbre, ou un terrier, peut-être. Les étagères couvrant tous les murs n'étaient remplies qu'à moitié, mais il suffisait d'imaginer. Chuchotant pour ne pas réveiller Colm qui dormait dans le porte-bébé, Liv Maria avait demandé à Richard :

— Tu es certain que j'ai le droit de faire ça ? Je veux dire, même si je suis française ?

— Ça ne pose pas problème ici. C'est l'Europe, je te rappelle.

— C'est cher ?

— Non, ce n'est pas très cher.

Il avait dit le prix. Elle avait hoché la tête, puis regardé encore l'endroit, en pensant au café et au petit hôtel qu'elle avait tenus des années plus tôt, à l'argent sud-américain dormant sur un compte. Tout en réfléchissant, elle respirait l'odeur de pain chaud de son nouveau-né endormi. D'un côté, la vie n'avait jamais été aussi pleine, aussi dorée. Le matin à cinq heures, quand les petits la réveillaient en babillant, et qu'elle allait les prendre l'un après l'autre dans leurs lits à barreaux, tendant les bras vers elle, irrésistibles dans leurs turbulettes, elle peinait à se souvenir d'une autre vie. Comment s'était-elle levée de son lit les trente-trois années précédentes ? Comment avait-elle pu ne pas se briser littéralement de solitude, quand elle n'avait pas deux bébés à porter dans ses bras et à nourrir aux petites heures du jour ? Et pourtant, par d'autres côtés, cette existence semblait aussi plate, insipide et carrée qu'une tranche de pain de mie, avec les petits pots, les minuscules vêtements à laver et plier, la vie saturée d'horaires, de mesures, de boutons-pression, quand autrefois elle avait régné seule sur son domaine. *Il y a longtemps que je n'ai pas eu un endroit à moi*, avait-elle pensé. *Une librairie. Et pourquoi pas.*

Le soir, quand elle avait raconté son excursion à Flynn, et qu'elle lui avait annoncé sa décision de se porter volontaire pour racheter le fonds et reprendre le bail, il l'avait prise dans ses bras, radieux. *Après tout, moi, je t'ai toujours vue comme une libraire. Dès le premier jour, dans la Libreria Ivens. C'est le rêve qui devient réalité.*

Elle avait Ibsen. Elle avait Shakespeare. Elle avait Henry James, Tolstoï, Tchekhov, Nabokov, Gogol, Twain, Hamsun, Thomas Hardy, Robert Frost, Balzac, Rilke. Elle avait plusieurs éditions des poèmes de Dickinson. Elle avait *La Montagne magique* et *Les Buddenbrook*. Elle avait Homère et Charlotte Brontë et Toni Morrison. Elle avait Delmore Schwartz – *Comme les fausses vérités des années de la jeunesse ont disparu ! / Ont disparu à toute vitesse comme des trains qui ne s'arrêtaient jamais / Là où je me tenais et attendais* –, elle avait Dylan Thomas – *Faites-le savoir aux enfants, aux vieillards sur le seuil : / Les pleurs de départ sont des mensonges, / Les propos sur les morts sont des mensonges. / Faites-le savoir aux enfants. Il n'y a pas de retour*. Elle avait Gertrude Stein, Fernando Pessoa, Raymond Carver. Elle avait Walt Whitman. Elle avait Joan Didion. Elle avait

Robert Graves, Flaubert, Chaucer, Dante, *La Vie nouvelle, Le Banquet, La Divine Comédie, Enfer, Purgatoire, Paradis*, elle avait James Baldwin et *Henderson the Rain King*, elle avait Peter Brook, elle avait Karen Blixen, et Truman Capote, et Sylvia Plath, et Tennessee Williams, et Proust, et Faulkner, elle avait Zola, Racine, Leopardi, Jules César, Stefan Zweig, elle avait John Cheever, John Fante, James Crumley, Jim Harrison, Roald Dahl, Beatrix Potter, Thomas Bernhard, Robert Browning, Elizabeth Browning, Agatha Christie, elle avait Keats, Yeats – *Que je me lève et je parte, que je parte pour Innisfree / Que je me bâtisse là une hutte, faite d'argile et de joncs / J'aurai neuf rangs de haricots, j'aurai une ruche / Et dans ma clairière je vivrai seul, devenu le bruit des abeilles.* Elle avait non pas un mais deux exemplaires de l'*Edda de Snorri*, cinq de *Moby Dick*, douze d'*Ulysse*. Pour se simplifier la tâche, elle avait choisi de se limiter à l'occasion – les villageois des environs venaient lui apporter les livres qu'ils ne lisaient plus, et elle ne reprenait que ceux qu'elle aimait, redirigeait les autres vers un *charity shop. On se croirait à Trinity College, Liv Maria*, lui disait Richard avec approbation, quand il passait boire sa tasse de café quotidienne en fin de matinée.

Mon père aurait adoré ça, pensait Liv Maria.

Ma mère aussi. À sa grande surprise, cet endroit qui lui était tombé du ciel était une sorte d'hommage posthume à la vie de ses parents – comme son père, elle passait son temps dans les livres, et comme sa mère, sa porte était ouverte à qui voulait s'abriter de la pluie et boire une tasse de thé brûlant. Dans ces premières années troublantes de sa vie de parent, elle l'orpheline mesurait sa chance d'avoir trouvé un moyen de garder contact avec sa propre enfance. Les gens venaient de loin déposer des colis à se transmettre, des messages, acheter un paquet de biscuits ou une boîte de Barry's Tea. Immanquablement posée sur un petit tabouret de velours vert derrière le comptoir – *On dirait une corneille perchée sur son poteau !* avait commenté Richard –, elle lisait toute la journée, un livre sur ses genoux, le menton dans les paumes, ne sortant de sa lecture que lorsque la porte s'ouvrait sur un visiteur. La librairie lui avait offert non seulement un emploi, mais aussi un refuge, un endroit à elle – tous les matins, elle déposait Gary à l'école et Colm chez sa nourrice, et elle venait s'asseoir là, dans le murmure de la radio, lisant tout son saoul et se sentant à sa place. *Et dans ma clairière je vivrai seule.* Les gens du comté s'étaient d'abord demandé qui était cette étrangère qui reprenait la boutique, mais ils étaient venus voir, par curiosité, et ils la respectaient désormais, pour son hospitalité sans faille et sa droiture littéraire. *Si vous voulez les nouveautés*, disait-elle, *vous n'avez qu'à aller chez Waterstones à Cork. Ici, je n'ai que des bonnes nouvelles du passé.*

Quand leurs amis venaient dîner – et ils faisaient beaucoup, beaucoup de dîners, à présent, la librairie avait aussi été un facteur de sociabilité – ils lui demandaient :

— Alors, Liv Maria, comment va ta petite librairie ?

Et Liv Maria leur répondait en souriant, mais elle s'étonnait de ne pas avoir de mots pour leur expliquer combien, autrefois, son prénom avait été utilisé avec autrement plus de délicatesse. Lorsqu'elle possédait des chevaux, personne ne se serait aventuré à l'interroger aussi légèrement sur ses projets. Et voilà qu'elle était cette épouse de campagne, qu'on pouvait plaisanter sur ses occupations. Sous la table, elle effleurait ses bracelets d'or en silence, un fin sourire aux lèvres. *Et dans ma clairière – je vivrai seule.*

Mais il n'y avait pas que ça, ces années-là – pas seulement les phrases dans sa tête et dans les livres, sa véhémence, sa culpabilité et sa superbe. Il y avait la vie quotidienne, la vie solide, les scones aux raisins tièdes, la librairie à ranger, les longues discussions avec Richard, l'essence déversée dans le réservoir de la voiture toutes les semaines, se démaquiller avec de l'huile d'amande douce, organiser les anniversaires des enfants, prévoir les goûters, trier les vêtements, signer des papiers, recevoir les amis, essayer des recettes inédites, téléphoner à ses oncles pour leur donner des nouvelles, faire l'amour furtivement avec Flynn devant le feu, pendant la sieste des enfants. Liv Maria se sentait vivante, pleine de force, elle nourrissait les gens, elle les blessait secrètement aussi, elle était tellement de choses dans sa trentaine épanouie que parfois elles suffisaient à lui faire oublier le poids qu'elle tirait derrière elle comme un cadavre, ou plutôt : le poids qui *était* un cadavre.

Au début, elle s'était sentie comme un loup dans la bergerie. Elle redoutait quelque chose. Elle se cachait derrière Flynn lorsqu'ils sortaient dans le village de Nora, et elle donnait toujours son nom d'épouse quand elle se présentait, tout pour ne pas être reconnue – même si elle savait confusément que personne ne l'aurait cherchée là où elle était, parce qu'elle était au mauvais endroit. À l'endroit entre tous où elle n'aurait pas dû se trouver. Mariée avec le fils. D'un côté, c'était la pire position, et en même temps c'était la plus sûre.

Sans savoir exactement comment, il semblait qu'elle avait réussi à parfaitement escamoter son année à Berlin : Flynn se représentait son enfance insulaire et ses parents au travers de ses descriptions lacunaires, à l'occasion il avait serré les mains rudes de ses oncles, mais il passait les yeux fermés sur ce vide dans la biographie de Liv Maria, cette année blanche, non documentée. Elle n'avait pas besoin de la dissimuler, parce qu'il ne la cherchait même pas, comme si, l'ayant rencontré à l'âge respectable de vingt-neuf ans, le temps vécu l'un sans l'autre lui avait semblé trop immense pour être sondé en détail, faire l'objet d'un inventaire approfondi. *Nous ne cessons de poser des questions, dans nos vies*, pensait Liv Maria, *pourtant nous n'accordons pas beaucoup de temps à la pensée de toutes celles que nous n'avons jamais soulevées. Elles nous passent à côté, comme des façons de voir le monde qui ne sont pas les nôtres.* Ses oncles auraient pu la trahir, bien sûr, mais Flynn n'avait presque aucun contact avec eux, et puis les oncles détestaient cette année jusqu'à son simple souvenir : c'était une année où elle leur avait manqué de façon déchirante, et qui s'était conclue presque jour pour jour sur un double enterrement. Ce n'était pas un sujet qu'ils étaient susceptibles d'aborder de leur plein gré, ni même par inadvertance. Et elle non plus, après tout. C'était pour ça qu'elle n'en avait pas parlé à Flynn, lorsqu'elle l'avait rencontré, bien que pendant des nuits et des nuits ils n'aient cessé de se raconter l'un à l'autre. Même quinze ans après, sa gorge se nouait quand elle y pensait, elle ne parvenait toujours pas à parler de Berlin, ni de Fergus. Elle n'en avait jamais parlé à personne. Parfois, elle aurait presque pu oublier que c'était arrivé. D'une certaine façon, elle était plutôt revenue chez elle, aussi bizarre que ce soit.

Ces gens, ils étaient trois fois sa famille, en réalité. Elle avait d'abord séduit l'un des leurs, et puis elle l'avait pleuré, comme eux-mêmes l'avaient pleuré aussi. Elle avait épousé l'un d'eux. Et elle avait engendré deux enfants de leur sang. D'une certaine façon, si *elle* n'avait pas gagné le droit de se tenir parmi eux, personne ne pourrait jamais y prétendre.

Quand Nora ou ses enfants racontaient des bons moments passés, elle se surprenait à rire avec eux, innocemment curieuse de cet absent dans sa belle-famille, cette chaise laissée toujours vide au bout de la table, ce visage sur les photos qui ne se matérialisait jamais. C'étaient les meilleurs moments. Quand elle pouvait se sentir proche d'eux, à sa place, une belle-fille parfaitement normale, simplement heureuse d'en apprendre un peu plus sur le père de l'homme qu'elle avait épousé, sur le grand-père de ses fils. D'une certaine façon, c'était facile, parce que l'homme qu'ils décrivaient n'avait rien à voir avec celui qu'elle avait connu. L'homme qu'elle avait aimé n'avait pas d'enfant, elle ne pouvait pas vraiment l'imaginer dans cette vie quotidienne, la bruyère dont il lui avait parlé était comme une épithète homérique pour elle, Fergus-à-la-bruyère, elle n'avait jamais imaginé qu'il s'agissait d'un territoire, d'une réalité. Et quand Nora parlait, quand Nora décrivait les bons moments de son mariage, le plus souvent, Liv Maria était troublée, elle sursautait, elle pensait d'abord : *Oh, tout ce qu'elle ignore, tout ce qui s'est passé à son insu*, puis, plus dubitative, froidement : *Mais tu le sais, Nora, comment il était, n'est-ce pas ? Tu le sais comme moi. Sa sensualité, son appétit sexuel, son inventivité dans ce domaine, son côté dionysiaque – je t'estime trop à force pour croire que tu n'en savais rien. Pendant que tu parles, je me rappelle sa façon de baiser, et je pense que toi aussi. Parce que c'était inoubliable. Bien sûr, j'aimerais me convaincre que c'était son amour spécifique pour moi qui lui faisait dépenser de tels trésors d'audace, mais je n'en crois rien, en vérité. Alors pendant que je suis là, dans cette cuisine très propre, caressant les doux cheveux de mon second fils endormi sur mes genoux, à vous écouter tous les quatre raconter des histoires sur Fergus, je suis incapable de repousser les images mentales qui me viennent de ses couilles, de son cul, de ses doigts dans ma bouche. Ça ne signifie pas que j'en oublie pour autant son esprit. Non. Mais vous parlez ensemble devant moi de cet homme comme d'un saint, et nous sommes au moins deux dans cette pièce à savoir qu'il était aussi beaucoup, beaucoup d'autres choses, dès lors qu'on le mettait à l'horizontale.* Elle se demandait si Nora pouvait sentir à travers les années le suc de leurs sueurs mêlées, et reconnaître l'odeur de son homme au-delà des milliers de lessives et de bains qui la séparaient maintenant de l'été poisseux de Berlin.

Enfin, il lui avait appris l'anglais. La langue dans laquelle elle communiquait avec son jeune époux, avec sa belle-mère et ses belles-sœurs, c'est son beau-père disparu qui lui en avait appris les finesses. Bien sûr, depuis cet enseignement quinze ans plus tôt, elle avait poli son anglais, mais elle n'avait jamais perdu ses réflexes. Son norvégien était paternel, son français maternel, son espagnol n'était qu'à elle, et l'anglais qu'elle parlait était toujours et toujours et toujours la langue de Fergus.

— Où as-tu appris l'anglais, Liv Maria ? lui avait demandé un jour une de ses belles-sœurs, Sadie, et elle était restée pétrifiée.

— Pendant mes études.

— Sur l'île ?

— Non, après. Sur le continent.

— Oh, il n'y avait pas de collège sur l'île ?

— Non. C'est une île très petite.

Et la conversation avait alors miraculeusement glissé sur des questions scolaires et territoriales, à son grand soulagement. Pourtant, elle ne pouvait pas croire que Nora ne sente rien, qu'elle, qui avait connu Fergus plus longtemps que ses enfants, ne sente pas quelque chose de bizarre dans son vocabulaire et sa grammaire. Son péché était cousu dans sa voix comme des économies dans une doublure – elle avait gardé les réflexes et les expressions de Fergus, toutes les petites choses qu'il lui avait apprises quand elle était encore une très jeune fille. Quand elle disait *I've had a whale of a time*, ou alors *What's the craic?*, ou même quand elle découpait une orange avec un couteau en quartiers réguliers, elle croyait parfois sentir le regard surpris de Flynn sur elle, elle se pensait découverte. Parce qu'elle était véritablement sans protection dans ce jeu : elle ignorait, dans ce qu'elle avait vu Fergus faire, ce qui était vraiment *lui*, ce qui le définissait aux yeux des autres, le rendait immédiatement reconnaissable à ceux qui l'avaient mieux connu qu'elle – il arrivait que, par bravade parfois, par accident souvent, elle reprenne l'une de ses phrases mot pour mot sans que Flynn ne réagisse, et elle pensait alors que cette phrase était sans doute moins emblématique que les autres, qu'elle n'avait peut-être été prononcée que cette seule fois en sa présence. Elle avait du mal, pourtant, à s'empêcher de vérifier chacune des phrases en sa possession, comme on authentifie des pierres précieuses à la loupe. Flynn disait parfois en la regardant plier les draps : *Tiens, c'est drôle, mon père aussi faisait comme ça, je crois* – et il semblait heureux alors, sans deviner, bien sûr, combien de draps Liv Maria avait effectivement pliés avec son père, dans un appartement donnant sur le Tiergarten, à l'été 1987. Fergus vivait en elle comme un fantôme, comme si elle n'avait pu se résoudre à le laisser partir dans la mort, elle le ressuscitait instinctivement, quotidiennement, elle pouvait à peine s'en empêcher. Elle avait vécu seulement deux mois et demi avec lui, mais elle s'apercevait que c'était la période de sa vie qu'elle possédait avec le plus d'intensité, comme si sa mémoire s'était entièrement concentrée sur cet épisode. Parfois, elle oubliait les dates de naissance de ses enfants, mais après tout ce temps elle était encore capable de nommer chacun des plats qu'elle avait mangés avec Fergus cet été-là, chacun des mots qu'il lui avait dits, chacune des rues qu'ils avaient traversées. Elle l'avait appris par cœur, pour le posséder, pour ne jamais le perdre, parce qu'il était la première personne qu'elle avait aimée, à dix-sept ans.

C'était arrivé à plusieurs occasions déjà que Liv Maria, dans une discussion avec Flynn

portant sur Fergus, laisse échapper un détail, et que Flynn l'interrompe, surpris :

— Comment est-ce que tu sais ça ? C'est ma mère qui te l'a dit ?

Et alors elle répondait, très vite – *Oui, oui, ou peut-être une de tes sœurs, je ne sais plus* –, incapable de se rappeler exactement, espérant qu'il ne pose jamais la question à Nora, ni à Sadie, ni à Caitrin, refusant d'y réfléchir profondément mais persuadée, au fond, de tenir cela de Fergus lui-même. C'est comme ça qu'elle avait compris combien c'était dangereux de partager avec eux. Mais aussi très difficile de s'en empêcher. Il fallait qu'elle se surveille en permanence, parce qu'elle savait des choses sur eux tous qu'elle n'aurait jamais dû savoir. Parfois, quand elle parlait avec Nora, elle la voyait soudain pencher la tête sur le côté, attentive, murmurant :

— Ce que tu viens de dire me fait penser à quelque chose, mais je ne sais plus à quoi.

Tu chauffes. Tu refroidis. Seule dans sa tête, perpétuellement aux aguets, Liv Maria se demandait combien de temps on pouvait oublier ce qu'on savait, ne pas savoir qu'on le savait, ou estimer que ce qu'on ressentait était trop improbable pour être vrai.

Parfois, allongée la nuit à côté de Flynn, elle se posait encore la question de lui dire toute la vérité, pour en être débarrassée, et pouvoir se tenir droite dans sa vie libérée. Mais elle avait peur. Après tout, elle n'avait pas seulement couché avec son père – elle le lui avait caché depuis tout ce temps. À lui, et à Nora, et à Sadie, et à Caitrin. Elle avait mangé à leur table toutes ces années comme une espionne. Elle élevait ses fils après avoir fait l'amour sauvagement avec leur grand-père, tandis que son épouse légitime et ses enfants se languissaient de son absence. Chaque jour passé avait alourdi sa faute. Ce qui lui avait semblé si monstrueux, le premier jour chez Nora, devant les photos – dire la vérité au moment où elle l'apprenait, se confesser dans la stupeur –, lui apparaissait aujourd'hui comme une issue extraordinaire, dont la valeur lui avait regrettablement échappé lorsqu'elle s'était trouvée à sa portée. À l'époque, imaginait-elle maintenant, elle aurait pu sangloter de tout son cœur et implorer le pardon, invoquer sa jeunesse et son inconscience, et livrer une version élégamment expurgée de cet été lointain, une version avec laquelle ils auraient tous, peut-être, pu apprendre à vivre. Elle aurait pu essayer d'expliquer la façon dont elle avait été déplacée à Berlin par sa mère, essayer d'expliquer les conditions particulières dans lesquelles elle avait été élevée, et comment, livrée à elle-même, âgée seulement de dix-sept ans, elle avait commis cette erreur en totale méconnaissance de cause. Tout cela aurait été délicat, mais peut-être pas impossible. Liv Maria élaborait dans sa tête de grands discours éloquents, elle parvenait à se convaincre elle-même, elle voulait remonter le temps et réparer sa trajectoire, faire en sorte de pouvoir embarquer dans son mariage avec Flynn sans porter le poids de cette histoire trop grande pour elle, tragique. Parfois elle se jugeait plus sévèrement, elle s'accusait de lâcheté, de vouloir décharger sa culpabilité sur d'autres, laver sa conscience à l'eau de leur confiance, pour en ressortir, elle, radieuse et eux, brisés. Ça n'allait pas. Rien n'allait. Si elle le lui avait dit d'emblée, dans la fraîcheur de leur mariage, Flynn ne l'aurait pas entendue, il aurait balayé cette affaire d'un revers de main, ou bien, ils auraient eu tous les deux alors suffisamment de ressources, de joie pour encaisser cette information – mais aujourd'hui ? Est-il sûr que les années rendent un mariage plus solide, et non pas plus friable, au contraire ? Est-ce que cette information, délivrée maintenant, ne serait pas comme un clou qui ferait levier dans le plancher de leur vie et parviendrait à tout ébranler ?

Il y avait encore autre chose. Au fond, cette

histoire était la sienne – c'était la situation avec laquelle elle vivait, et ce caillou dans sa chaussure lui semblait parfois un diamant. Quand elle était dans la buanderie, les bras pleins de linge mouillé, ou dans sa cuisine, agenouillée pour dévisser le filtre du lave-vaisselle, ou plus tard, devant la grille de l'école des garçons, sous la pluie de décembre, avec tous les autres parents, debout dans leurs parkas en silence, elle combattait sa panique en pensant à ses oncles, à Ignacio Carrar au sixième étage du Hilton de Valparaiso, aux autres hommes durs qu'elle avait aimés, aux chevaux, aux nuits étoilées de la pampa, à la broche métallique dans son dos, à Pablo Neruda, et elle se rappelait aussi la passion qu'elle avait éprouvée pour le père de son mari. Ce souvenir était peut-être de tous celui qui lui rappelait le mieux qu'elle avait eu un libre arbitre autrefois, qu'elle avait eu une vie. Parfois, y repenser la faisait brûler de honte, mais d'autres fois, c'était plutôt comme un feu rougeoyant sous son nombril. C'était comme une bonne blague qu'elle avait faite au monde. En toute innocence. *J'ai fait – ça*. Et avec ce souvenir-là et tous les autres, elle se construisait quelque chose qui la remettait suffisamment d'aplomb pour traverser une nouvelle journée de cette nouvelle vie.

Les années passaient à la vitesse de la lumière. Parfois, marchant dans le soleil entre les arbres, une main gantée de caoutchouc retenant une demi-douzaine de roses ruisselantes de rosée, un sécateur dans son autre main nue, Liv Maria levait les yeux vers la maison, et elle avait la sensation très nette de ce que contenait cette maison, de tout ce qui se trouvait *dans* cette maison et qui lui appartenait pour moitié, le butin immense d'objets qu'elle venait d'amasser en si peu de temps, une poignée d'années, les signes extérieurs de la famille, de la parentalité, de la maturité – peu importe quel nom on lui donnait au fond. Elle voyait le bâtiment adoré comme une grande boîte dont elle devinait chaque occupant, pouvait énoncer chaque accessoire, cuillères en bois, cuillères en inox, couettes d'été et d'hiver, vases, tasses, théières, boîtes à chaussures remplies d'ampoules neuves et usagées, d'élastiques, de cirages, de décorations de Noël, empilées sur les étagères d'un placard sous l'escalier, chemises en carton contenant les factures, les actes de naissance, le contrat de mariage, les photocopies des papiers d'identité. Les vêtements dans les armoires, les chaussettes dans les tiroirs, les rames de papier dans leur emballage, sur les étagères du petit bureau, les livres dans la bibliothèque, et le souvenir qui venait avec, de la nuit blanche qu'ils avaient passée ensemble, Flynn et elle, encore seuls, quatre ans plus tôt, une semaine à peine avant la naissance de Gary, à ranger les livres sur les rayonnages, mêlant ses livres à lui récupérés chez Nora et ses livres à elle que les oncles lui avaient postés, leurs bibliothèques respectives venant se fondre en une seule comme la confluence de deux cours d'eau. Assise sur un fauteuil au milieu des cartons, Liv Maria avait regardé Flynn déplacer les volumes. Il avait décidé de séparer la fiction de la non-fiction, et de classer au sein de chaque catégorie les livres par ordre alphabétique. Il lui avait raconté que le classement alphabétique, qui leur semblait à eux deux comme à tout le monde si évident aujourd'hui, indiscutable, avait autrefois constitué une véritable révolution de la pensée. Il était d'abord apparu épisodiquement, comme une possibilité parmi beaucoup d'autres, une curiosité même, une coquetterie d'originaux. C'était non seulement une affaire de tradition, avait expliqué Flynn à Liv Maria, mais une question de vision du monde : le fond primait la forme, le sens sur les signes considérés comme arbitraires. Après les index, qui utilisaient seulement les deux premières lettres de chaque mot, le passage à un classement réclamant autant de lettres que nécessaire avait exigé un puissant système d'abstraction. Les érudits avaient d'abord résisté, peut-être parce qu'ils avaient deviné d'emblée que ce système ne leur était pas vraiment destiné, bien qu'il manie des lettres, les os mêmes de la langue et de la connaissance. Non, le classement alphabétique avait été pensé pour accroître la rapidité, l'efficacité. Le classement alphabétique annonçait un nouveau monde – un monde de marchands. L'invention avait bouleversé l'activité commerciale, donné à l'Occident un coup d'avance colossal : soudain, il était devenu possible de se repérer sans effort sur des listes de milliers de noms – noms de clients, d'intermédiaires, de fournisseurs, de compagnies, de villes, de produits, de sous-traitants, de débiteurs, de créanciers, de correspondants, d'agents de liaison, de transporteurs, de contacts, pour le dire simplement. Il avait fallu de nombreux facteurs pour construire le monde dans lequel ils vivaient aujourd'hui, avec sa logique, son avidité, son autorité, et l'alphabet en était un, et le classement alphabétique en était un autre, même si jamais on ne l'aurait soupçonné en regardant les abécédaires brodés accrochés dans les chambres d'enfants. Jamais on n'aurait deviné le choc que ça avait été au départ, de penser le monde aussi froidement, et les conséquences que ça aurait, avait dit Flynn. Quand il avait eu fini de parler, Liv Maria tremblait comme une feuille, mais dos à elle, il n'avait rien vu. Quand il s'était finalement retourné, elle s'était reprise, et il avait dit, en souriant :

— On dirait mon père, quand je raconte des choses comme ça. C'est lui qui m'a raconté ça, d'ailleurs. C'est tout à fait sa manière. Le genre de choses qu'il répétait, pendant les trajets en voiture, le genre d'histoires qu'il aimait et qu'on finissait par connaître par cœur à force de l'écouter les répéter.

— Oui, avait murmuré Liv Maria avant de se mordre les lèvres.

Mais Flynn n'avait pas semblé entendre.

Il y avait donc ça, aussi, dans sa maison – l'immense bibliothèque, montant jusqu'au plafond le long de la mezzanine, et la certitude que dans certains livres hérités de Fergus, choisis par Flynn à titre de souvenirs, elle retrouverait une note prise de sa main, une dédicace d'anniversaire, un billet de cinéma, une fleur séchée. Elle regardait le mur de livres et savait qu'une partie de lui y était conservée, et elle n'y touchait pas. Elle reportait son attention sur les objets moins dangereux, plus prosaïques – les paquets compacts de couches, les jouets de bain en plastique, les réserves de coton, de cotons-tige, de dentifrice, les biberons en plastique, les biberons en verre, les tétines, les gourdes, les pansements à motifs, les bavoirs, les langes, toute cette armada de l'enfance, représentant peut-être dix à quinze fois le poids des enfants auxquels elle était due. Liv Maria essayait de se revoir telle qu'elle avait été à peine quatre ans plus tôt, l'absolue nudité qui était la sienne alors, possédant ses seuls bracelets d'or, sa solitude et son dénuement, son corps dévêtu collé contre celui de Carrar en sueur, et la femme qu'elle était aujourd'hui, avec sa boîte à couture, sa machine à gaufres, ses moules à sablés, à tarte, à manqué, sa porcelaine du dimanche, les rouleaux d'aluminium, les serviettes en papier, les bougies parfumées, les verres en cristal du service de famille offert par Nora en guise de cadeau de mariage tardif, les tournevis, les marteaux, les clous, toute la grande quincaillerie de l'adulterie. Les choses qu'elle possédait lui semblaient pourtant des choses utiles, alors comment expliquer qu'elle n'en ait eu aucune utilité auparavant ? C'était le mystère. *J'avais le courage et j'avais le mystère, / J'avais la sagesse et j'avais la maîtrise.* Debout dans le jardin, ivre de sa propre vision, ressentant l'immanence de sa maison jusqu'aux moutons de poussière sous les lits, aux miettes de gâteaux dans les rainures des tables, aux craquements des marches de l'escalier, elle se récitait des poèmes pour se recentrer, se rééquilibrer. Tout comme elle n'avait jamais imaginé avoir un jour de nouveau une famille, elle n'avait jamais pensé posséder une maison. C'était à peine croyable – moins de dix ans auparavant, elle était dans l'hacienda poussiéreuse à pleurer dans les bras musculeux d'Ignacio Carrar, et à présent, ici, elle était une mère et une épouse et la propriétaire de cette demeure immense. Parents morts, pays natal délaissé, amants perdus et quittés, mensonges enfouis dans le silence – cuisine aménagée, petits garçons jouant sur le tapis devant la cheminée, et un bel homme rentrant tous les soirs chez elle avec ses propres clés.

À l'occasion, Flynn et Liv Maria confiaient les garçons à Nora pour partir marcher dans la région – quelques heures le dimanche, ou parfois plusieurs jours, pendant les vacances. Thermos de thé et sandwiches. Sac à dos léger, robustes chaussures. Main dans la main comme autrefois en Amérique du Sud, ils randonnaient le long des péninsules – Sheep's Head, Beara, Dingle, Iveragh. Sur la poignante plage grise de Ballydonegan, ils s'embrassaient à pleine bouche avant de rentrer faire l'amour dans un *bed & breakfast* au milieu de l'après-midi. Allongés côte à côte sur leur lit, ils lisaient chacun leur livre, avant d'aller dîner dans le pub d'Allihies. Au dessert, Flynn entrelaçait ses doigts à ceux de Liv Maria. *Ma belle épouse*, murmurait-il doucement. *Ma merveille*. Liv Maria rougissait de plaisir. *Flynn, l'homme qui aimait les femmes*, lançait-elle moqueusement, embarrassée. *Non, non, non,* protestait-il. *L'homme qui aime* sa *femme.* Et elle savait que c'était vrai. Parmi toutes les choses dans sa vie qui lui posaient question, l'amour de Flynn pour elle, comme son amour pour lui, était la grande chose solide. Le soir, quand il rentrait de la scierie, elle le regardait par la fenêtre traverser la cour, son homme aux vêtements couleur d'automne, vert, brun, bleu foncé, des couleurs douces comme lui, un feuillage, et son cœur s'emballait. Elle pensait : *Rien n'a de poids, face à ça. Ce que nous avons fait ensemble, ce que nous faisons maintenant – ça efface tout le reste.*

En voiture, quand elle passait à côté d'une pharmacie affichant la date et l'heure sur un panneau lumineux extérieur, elle était chaque fois frappée, comme si, en connaissant le jour exact, elle prenait davantage conscience de sa nature éphémère. *C'est donc de cette façon que j'aurai occupé cette journée unique de ma vie.* Les nombres des années, en particulier, la frappaient de plein fouet du haut des calendriers. Elle n'arrivait pas à croire avoir vécu aussi longtemps, être devenue pour de bon cette femme adulte, non plus cette jeune mère à la peau fraîche et aux gestes élégants qu'elle avait été en quittant la maternité la première fois. Désormais, elle était cette mère de famille confirmée, aux traits accusés, qui ne prétendait plus accomplir les choses sans retrousser ses manches ou en payer le prix exact. Sa voiture était pleine de sable, de papiers de bonbons et de jouets en plastique, et bien qu'elle ne se soit jamais vue comme une personne particulièrement organisée, elle se sentait tout de même prise dans un rôle davantage que changée elle-même – ce n'était pas tant sa voiture à elle qu'une voiture classique de parents, identique, dans sa gamme comme dans son chaos, à celles de tous les parents qu'elle connaissait ou presque. Elle avait l'impression qu'il y avait des années qu'elle n'était montée dans une voiture sans que le conducteur lui dise en souriant, penché sur le siège passager pour le dégager, *désolé, ma voiture est sale*. Les voitures étaient toujours joyeusement sales, les dîners avaient systématiquement un peu de retard, et partout où on allait on entendait le ronronnement infini des machines à laver dans la nuit, comme si elles ne s'arrêtaient jamais.

Cette densité, l'épaisseur nouvelle des journées, voilà ce qui l'avait surprise. Elle se sentait un peu comme un scaphandrier, avec des semelles de plomb, huit kilos, collé au sol marin, contemplant des merveilles inaccessibles aux yeux des terriens. Jamais auparavant elle n'avait eu à ce point la certitude d'avoir fait un choix. Autrefois, elle avait toujours su au fond qu'elle pouvait partir, et même si elle ne l'avait jamais fait facilement, elle l'avait fait plusieurs fois. La nuit, quand Flynn lui faisait l'amour dans le silence du sommeil de leurs enfants, elle ne parvenait pas à se dégager de cette vision de son propre corps comme un territoire déchiré entre plusieurs nations, avec la cicatrice de son opération, les traces de feutres des petits sur ses doigts, les marques de brûlures de la cuisine. *Et dans tout ça, moi.*

Les inconnus qu'elle avait observés craintivement par la fenêtre de sa cuisine le jour de la grande fête étaient devenus ses proches – des amis, des connaissances, des hommes et des femmes qu'elle croisait à la boulangerie, qui passaient acheter une enveloppe à la librairie, qui lui prêtaient des vêtements de bébé, qui lui vendaient des légumes au marché, qui lui donnaient des conseils de jardinage, qui lui coupaient les cheveux. Tout un petit monde de sociabilité dans lequel, à sa grande surprise, elle avait fini par se couler souplement. Elle était la femme de la librairie, la mère de Colm et Gary. Elle s'asseyait sur des bancs au parc avec les autres mères, Trasa, Bridget, Rita. Elle ouvrait en souriant sa porte à Nora qui venait voir les enfants pour le goûter. Elle fêtait Noël. Elle organisait des soirées de lancement pour les nouveaux romans de Sean. Elle sortait des rôtis du four et les apportait sur la table autour de laquelle étaient assis Caitrin et Sadie, leurs maris et leurs enfants qui étaient ses neveux et ses nièces. À la sortie de l'école, elle s'était rapprochée de Liam et Rita, qui avaient tous les deux été au lycée avec Flynn, et qui étaient maintenant mari et femme, parents de deux enfants dont le second était dans la classe de Gary. Tous les quatre, le vendredi soir, quand les enfants étaient couchés, se retrouvaient pour parler de leur semaine en dînant et en jouant au scrabble. Sur un manuel Montessori, Liam roulait un joint avec l'herbe que Richard faisait pousser dans sa serre, et ils riaient dans le noir en parlant des dernières inventions des petits. D'autres soirs, elle restait traîner dans la librairie avec Richard, à parler de livres et de pâtisserie en partageant une bouteille de vin. Quand elle rentrait se coucher contre Flynn, légèrement ivre, pour dormir juste quelques heures avant le réveil des enfants, il la prenait dans ses bras les yeux fermés en lui chuchotant : *Te voilà enfin, Liv de la nuit.*

Un jour, dans le petit café où elles se retrouvaient en attendant la sortie d'école, Rita lui avait confié qu'à son avis on rencontrait son enfant trois fois : le jour de sa naissance, la première fois qu'il souriait, et enfin, quand il se mettait à parler. *Jusque-là, tu as imaginé ce qu'il pensait. Tu lui as* prêté *des intentions. Mais tu vas voir. On est toujours surpris.* Quand Gary s'était mis à parler, pourtant, elle n'avait rien remarqué de particulier, parce qu'elle n'avait pas de point de comparaison. Les phrases déclaratives de son fils aîné lui avaient semblé aussi émouvantes qu'anodines, des énoncés simples pour traduire une réalité qui l'était aussi. *Veux encore du lait. Non, pas le bain. Est ma trottinette, ça. Est mon doudou.* L'élément de surprise était arrivé avec Colm – Colm qui ne semblait poser que des questions. *Où on va ? Qu'est-ce que c'est ? Il est où, mon papa ? Pourquoi ? C'est un mouton, ça ?* Une pluie de questions. Même ses réponses étaient des questions. Après, son vocabulaire s'était rapidement enrichi pour inclure des mots que Gary, s'il en connaissait indubitablement le sens lorsqu'il les entendait, ne prononçait que rarement de lui-même, mais qui avaient semblé très vite essentiels à Colm – des adverbes. *Peut-être, plutôt, plus, trop, ailleurs, mais, déjà, souvent, maintenant.* Les phrases de Gary devenaient plus équilibrées, son élocution presque parfaite, mais elles conservaient cette candeur, cette façon d'aller droit au but, tandis que Colm puisait inlassablement dans sa réserve de petits ajusteurs, visant la précision, l'exactitude. Les approximations lui faisaient froncer les sourcils, c'était un enfant de silence et d'intuitions. Plus il grandissait, et plus il semblait ultrasensible – comme possédant des antennes délicates, ou les minuscules cornes rétractiles des escargots. Une anecdote familiale, répétée si souvent ensuite qu'elle semblait lustrée comme la pomme de pin en laiton vissée sur la rampe de l'escalier, sur laquelle ils posaient tous les quatre leurs mains, jour après jour, imprimant patiemment leur marque, racontait comment une après-midi Colm, âgé de trois ou quatre ans, était sorti de sa chambre sans un bruit pour descendre jusqu'à la cuisine où Liv Maria et Flynn discutaient de la possibilité d'installer une balançoire dans le jardin. *Pardon de vous déranger*, avait dit le tout petit garçon. *Mais j'ai entendu ce que vous avez dit.* Quand les parents, amusés, s'étaient étonnés de la finesse de son ouïe, Colm avait répondu : *Bien obligé. Vous chuchotez*. Flynn avait ri d'un grand rire franc – *Colm-les-petites-oreilles !* – mais Liv Maria avait pensé : *Mon enfant. Mon enfant aux aguets.*

Plus Liv Maria grandissait, et plus elle pouvait mettre des mots sur ce que ses parents lui avaient appris – la dureté, la littérature, la détestation de l'ennui, le goût de la vitesse et de la pâtisserie. Tout ce qu'ils lui avaient livré sans un mot, simplement par leur comportement, la légende de l'amour de ses parents telle qu'elle l'avait comprise à travers l'observation, cet équilibre d'étrangeté, de compromis, de chuchotements dans la nuit et de tempéraments divergents. Mais, avançant dans la vie adulte comme à tâtons dans le noir, elle découvrait aussi tout ce qu'ils avaient oublié de lui apprendre – ce qu'ils ignoraient, et ce qui leur paraissait sans doute tellement évident qu'ils n'avaient jamais envisagé de le dire à voix haute, à moins qu'ils n'aient peut-être pensé pouvoir le lui apprendre plus tard, s'imaginant avoir tout le temps du monde.

Le 2 novembre de chaque année, quand toute la petite famille se réunissait chez Nora pour All Souls' Night, la nuit où, selon la tradition irlandaise, les morts reviennent voir les vivants pour leur parler, Liv Maria se tenait sur le qui-vive. Pour elle, c'était *le jour de Fergus* – l'unique jour par an où elle pouvait avoir la sensation que sa façon de penser à lui était appropriée. Après tout, il était le mort le plus important de la famille, son héros, celui dont la disparition avait été la plus imprévue, la plus choquante, et c'était donc autour de son souvenir que tournait la soirée. Pendant que les hommes préparaient le feu, Liv Maria se joignait à Caitrin et Sadie pour aider Nora à préparer le *colcannon* et le pain aux fruits, balayer avec soin le sol de toutes les pièces de la maison, et une fois le bol d'eau de source cérémonieusement posé sur la table du dîner, et le couvert mis pour Fergus, désœuvrée, elle fixait obstinément la chaise vacante sur laquelle il ne viendrait jamais s'asseoir, le vide qui l'avait remplacé, le vide qu'il avait laissé derrière lui en partant. Tous les ans, elle venait s'installer à la table avec les autres et pensait : *Rien n'a changé. Rien n'a bougé. Il s'est passé tellement de choses cette année encore, mais ça, ça n'a pas changé, c'est comme si c'était inoubliable, inaltérable*. La croyance ancestrale lui donnait des frissons : en ce jour où le voile séparant ce monde de l'au-delà était plus mince qu'aucun autre jour de l'année, les morts, qui étaient les dépositaires de la sagesse et de la connaissance, venaient visiter leurs descendants pour leur offrir deux cadeaux. Le premier était la capacité à se souvenir du passé, et le second une meilleure compréhension du lien qui nous unit éternellement à notre lignée. Ce mot, *bloodline*, lignée, ligne de sang, bourdonnait dans les oreilles de Liv Maria comme un mauvais présage tandis qu'ils roulaient jusqu'à St Carthage pour nettoyer la tombe et prier, avant de repartir en laissant une bougie allumée dans la nuit. Rentrés à la maison, ils se couchaient tôt, après avoir allumé une seconde bougie dans un photophore, qui était ensuite posé sur une étagère en bas de l'escalier, marquant l'endroit où, dans une autre maison, dans le comté voisin, Fergus avait rendu son dernier souffle. Sur son petit bureau dans la librairie, Liv Maria gardait presque en permanence ouvert à la même page un livre de Rilke, lisant et relisant obstinément une unique phrase qui lui brouillait les yeux – *J'ai des morts, et je n'ai pas voulu les retenir.*

Un jour, dans la petite cuisine ensoleillée de Nora où elles coupaient des pommes ensemble, elle avait pourtant osé poser la question qui la taraudait depuis tout ce temps, un mélange de curiosité amoureuse et d'angoisse – quelle avait été la dernière chose que Fergus avait dite.

— C'est une drôle de question que tu me poses, avait répondu Nora, surprise.

Pourtant, au grand soulagement de Liv Maria, elle avait ajouté :

— La dernière chose que Fergus m'ait dite, autant que je m'en souvienne, c'était à propos de Faulkner.

— Faulkner ?

— Oui. Nous étions dans notre lit, nous allions bientôt éteindre la lumière – bien sûr, je ne savais pas qu'il se relèverait un peu plus tard et qu'il mourrait en tombant dans l'escalier. Je ne l'ai su qu'au matin, quand je l'ai trouvé.

La voix de Nora avait légèrement tremblé. Du bout des doigts, Liv Maria avait effleuré la main de sa belle-mère. Nora avait baissé les yeux.

— Il avait la grippe, et pour passer le temps il essayait de lire *Lumière d'août*. Je ne crois pas que je l'avais déjà vu lire Faulkner avant. Il a refermé son livre, et il a dit quelque chose comme : *Ce qu'il y a de fascinant avec Faulkner, c'est la façon dont il nous donne tous les outils pour comprendre son roman, sans qu'on y comprenne rien au départ. C'est comme une carte topographique du territoire dans lequel on va se déplacer.*

Le petit couteau de nacre avait heurté le sol de plein fouet. Soudain, les mots de son père disparu, surgissant dans la bouche de cette femme, comme un larcin ou une faute de frappe. Son père revenu d'entre les morts, parlant à travers les lèvres de Nora, c'était, résumé, le carambolage, le collage de sa vie entière. Où était-elle ? Qui était-elle ? Là, avec sa belle-mère répétant la parole de Thure, son père que cette dernière n'avait jamais connu et ne connaîtrait jamais, parce qu'il était mort depuis plus de vingt ans, tandis que Flynn, l'époux de Liv Maria, feuilletait un journal dans le salon, et que leurs enfants jouaient dans le jardin – et elle ici, face à Nora, debout, appuyant malgré elle contre la table ronde son ventre qui aurait pu autrefois porter les enfants de son mari *à elle*, si tout s'était passé différemment. Dans une autre vie, Nora aurait été la vieille ex-épouse que Liv Maria aurait méprisée, elle la seconde femme plus fraîche, et Flynn, qui l'avait prise à plat ventre sur le lit le matin même, lui serait apparu un fils adoptif hostile qui ne leur aurait que rarement rendu visite.

C'est au début du printemps 2010 qu'elle avait commencé à voir les oiseaux morts. D'abord un merle, puis un pinson, puis un rouge-gorge. Chaque fois, elle avait frissonné malgré elle, mais elle n'avait pas compris tout de suite ce qui n'allait pas. Finalement, en y repensant dans son lit un soir, elle avait compris. C'étaient des oiseaux qu'elle n'avait jamais vus morts. Des pigeons morts, oui – ou parfois une mouette, oui, mais alors *abîmée*, blessée, mordue par un chat ou quelque chose comme ça. Cette fois, les oiseaux morts étaient intacts. Comme tombés du ciel. Une mésange morte – vision aussi glaçante que celle d'un ami mort, avec le choc de voir mort ce qu'on a toujours connu vivant. Elle n'avait même pas osé en parler à quelqu'un. Elle ne savait pas quoi demander, et après tout elle ne connaissait rien aux oiseaux, sa grande émotion lui semblait à peine légitime. Elle pouvait se tromper. Peut-être qu'elle n'avait jamais fait attention avant. Mais elle s'interrogeait. Est-ce qu'ils avaient simplement *chuté*, ou est-ce qu'ils avaient été – quoi ? – électrocutés par des fils ? Ou est-ce que c'était le climat ? Partout dans le monde, les records de chaleur tombaient les uns après les autres. La neige ne tenait plus. Les rivières débordaient. Les animaux représentés sur les vêtements de ses fils – baleine, éléphant, abeille, ours blanc – éteints, un à un, ou en passe de l'être. Et cette menace qui se rapprochait, terrible, colossale, en venait parfois à se confondre avec l'autre menace intime qui lui pesait. Dans la librairie, en ouvrant le journal du matin, elle avait de plus en plus souvent l'impression de lire l'état de sa propre vie. Des incendies. Des pluies diluviennes. Des populations déplacées. Des moustiques en février. Des floraisons en décembre. La disparition du silence, la disparition de la nuit. Elle aussi, de plus en plus souvent, sans encore se l'avouer, elle avait envie de disparaître.

Une après-midi, dans un couloir de la mairie de Lismore, Nora avait attendu qu'on vienne la chercher pour un rendez-vous. Il n'y avait pas de chaise ni de banc, elle considérait qu'elle était un peu trop âgée pour s'asseoir par terre et elle se tenait donc debout dans ce couloir, à la distance qui lui semblait la bonne de la porte du bureau de son interlocuteur. À cette même distance exactement de la porte se trouvait aussi, punaisée au mur, une carte d'Europe, et donc elle la regardait.

Elle regardait le nom des fleuves, le nom des villes, les couleurs du relief de tous ces endroits où elle n'était jamais allée ni ne pensait aller un jour. Toulouse, Torino, Den Haag. C'était simplement des mots, ils ne signifiaient rien pour elle. Mais elle s'était surprise à regarder et regarder encore, pour passer le temps. Elle n'avait jamais considéré une carte avec autant d'attention et s'étonnait de trouver ça aussi intéressant – non, passionnant. L'objet lui semblait très beau, avec ses couleurs vives et ses légendes. Elle avait cherché des yeux Cork où elle était née, puis Clashmore et Lismore, émue par ce triangle au cœur duquel toute sa vie avait été vécue – mais c'était le continent qui éveillait sa curiosité. Cherchant un point de repère, n'importe lequel, elle avait repensé à la ville où était allé Fergus, autrefois, en Allemagne. Elle l'avait trouvée, et elle avait posé son doigt dessus.

Quand on était enfin venu la chercher pour son rendez-vous, elle était toujours là. Elle n'avait pas bougé d'un millimètre. Elle regardait la carte.

C'était la bonne ville, et ça ne pouvait pas être la bonne ville.

C'était la bonne ville.

Mais c'était impossible.

C'était la bonne ville, et ça ne pouvait pas être la bonne ville.

Le soir, au moment de préparer le dîner, Nora s'était surprise à repenser à la carte. Qu'est-ce qui était bizarre, avec cette carte, déjà ? Ah oui : cette ville allemande où était parti travailler Fergus autrefois. Hambourg. C'était bien ça, non ? C'était il y a si longtemps. Sur la carte, elle avait été étonnée en voyant le nom de la ville, parce qu'elle semblait être au bord de la mer. Couper les pommes en tranches. Fergus n'avait jamais parlé de la mer. Peut-être qu'il avait oublié. Peut-être que c'était elle qui avait oublié. Saupoudrer de sucre. Peut-être. Il avait dit aussi, un jour, qu'il était allé en Pologne un week-end, et quand elle s'en était étonnée, il avait dit que la frontière n'était qu'à une heure de route – ça semblait plus loin, sur la carte. Elle avait fermé les yeux pour essayer de se représenter la topographie comme elle l'avait vue l'après-midi. La mer ? Peut-être avait-elle mal compris. À une heure de la frontière polonaise. Ses souvenirs étaient brouillés. Elle avait ouvert son livre de recettes. Qu'est-ce qu'il faut faire, déjà, avec le citron ? Ah oui. Percer avec une fourchette. Et puis à quoi bon penser à ça ? Elle avait été contente qu'il parte cet été-là. Et quand il était revenu, il était mort immédiatement. D'une certaine façon, pour elle, il était mort quand il avait traversé la Manche. Toute sa vie d'après était une sorte de vie posthume, et si l'enfer – où elle ne doutait pas qu'il brûlait, tant pour ses péchés que pour sa vitalité sexuelle – se situait pour lui en Allemagne, peu lui importait dans quelle ville précisément il avait été nommé. Pourtant la carte ne semblait pas vouloir s'effacer de son esprit, elle la voyait dans la pâte qu'elle étalait au rouleau, dans les petits chiffres de sa balance alimentaire, au fond du moule à gâteau. Ça n'était simplement pas possible. Il n'avait pas pu aller *là*. La ville n'était pas au bon endroit. Parce qu'à l'endroit où elle aurait dû être, l'endroit où tous les détails qu'il lui avait livrés se recoupaient en faisceau sans qu'elle puisse apparemment les en empêcher, il y avait une autre ville. Berlin. Est-ce que c'était possible qu'il soit allé à Berlin, et qu'elle se trompe ? Non. Il n'avait jamais prononcé ce nom-là. Pas une fois. Non.

Elle devenait folle en vieillissant. Ça n'avait aucune importance, de toute façon. Incorporer la farine progressivement. Mais les lettres, les lettres ? Quelques semaines après sa mort, le postier était venu lui apporter un petit paquet de lettres dans une grande enveloppe brune.

— Qu'est-ce que c'est que ça, Bert ? avait-elle demandé sur le pas de sa porte.

— Des lettres envoyées à la poste restante, avait-il répondu, dissimulant difficilement son excitation, sautillant d'un pied sur l'autre.

— Envoyées à qui ?

— À ton mari.

Elle n'avait pas compris tout de suite, et puis c'était venu. La poste restante. L'air réjoui de Bert. Content de dénoncer Fergus à sa femme. Espérant peut-être grappiller quelques miettes au passage. Sèchement, elle avait tendu la main pour prendre les lettres. *Donne-moi ça.* Ce n'était pas exactement son nom qui était écrit dessus, mais elle voyait l'idée. Bert n'avait plus rien dit, elle non plus. Elle avait jeté l'enveloppe dans le feu sans l'ouvrir. Peu de temps après, elle avait déménagé de Clashmore à Lismore – peut-être simplement pour s'éloigner du bureau de poste. Fergus avait été différent à son retour d'Allemagne, et après avoir eu les lettres elle avait compris qu'à toutes les occasions où elle l'avait vu dans cet état, c'était sans doute qu'il y avait eu une femme. Elle ne pouvait pas se rappeler combien de fois elle l'avait vu comme ça, mais trop souvent. Elle pensait qu'elle n'était pas la seule à avoir établi le rapprochement. De fait, des amies bien intentionnées avaient accumulé les sous-entendus après l'enterrement. Il y avait eu plusieurs femmes, et il y en avait eu une en Allemagne. S'il n'était pas mort de façon aussi imprévisible, et si Bert avait été moins vicieux, elle, Nora, ne l'aurait jamais su, après tout. Mais elle pensait que la femme allemande devait être différente, même si elle ne savait pas pourquoi. Les lettres l'avaient surprise, parce qu'elle ne pensait pas qu'il était allé jusque-là – jusqu'à entretenir une liaison, une relation. Il lui parlait si peu, à elle, qu'elle n'avait pas envisagé qu'il puisse avoir des choses à confier à quelqu'un d'autre. Mélanger le sucre glace, le beurre et le *cream cheese*, jusqu'à obtenir une texture lisse. Berlin. Elle revenait toujours à Berlin. Quand avait-elle entendu mentionner cette ville ? C'était confus, mais récent. Ça devait être Flynn, l'autre jour, au téléphone. Qu'est-ce qu'il avait dit, déjà ? Ah oui : que la tante de Liv Maria lui avait écrit de Berlin.

Daniel et Bettina avaient divorcé. En lisant et relisant le message que sa tante lui avait envoyé, Liv Maria les voyait tels qu'elle les avait vus autrefois – à quel point ils lui semblaient alors indissociables avec leurs physiques gémellaires – et voilà qu'ils étaient pourtant séparés l'un de l'autre. Bettina avait maintenant cinquante-trois ans. Elle vivait toujours à Berlin. Elle lui écrivait que tout avait beaucoup changé, et elle l'invitait à venir lui rendre visite.

Liv Maria avait hésité plusieurs semaines. Est-ce que c'était une bonne idée de retourner là-bas ? Qu'est-ce qu'elle irait y chercher ? Et qu'est-ce qu'elle y trouverait ? Ni sa jeunesse perdue ni Fergus, certainement. Finalement, la curiosité avait été plus forte, elle n'avait pas pu résister. Quand elle en avait parlé à Flynn, il s'était étonné de l'existence de cette tante dont il n'avait jamais entendu le nom jusque-là, mais il l'avait encouragée à partir. *Encore un de tes mystères, ma belle ? Ne t'inquiète pas pour moi, je suis habitué. Bien sûr, tu peux y aller. Deux semaines ? Dix jours ? Très bien, oui. Je me débrouillerai avec les garçons. Ma mère n'est pas loin de toute façon.*

Alors Liv Maria était partie.

En sortant de l'aéroport de Tegel, elle avait donné l'adresse à un chauffeur de taxi. Quand la voiture s'était arrêtée dans la Hiroshimastrasse, elle avait regardé par la fenêtre, médusée. L'adresse que lui avait donnée Bettina lui avait laissé penser qu'elle avait déménagé, or elle découvrait que c'était simplement la rue qui avait changé de nom depuis la réunification. Tout était familier, mais différent. Pareil, et pourtant pas du tout. Elle avait frissonné, sans saisir encore le présage.

Au troisième étage, elle avait sonné à la porte de l'appartement et une adolescente inconnue lui avait ouvert.

— *Hallo*. Je suis Liv Maria.

— *Hallo, willkommen*. Je suis Silke.

— Silke ? avait répété Liv Maria sans comprendre.

— Je suis la fille de Daniel et Bettina. Mais je n'étais pas encore née quand tu es venue.

Plus tard, le soir, en buvant du vin dans un restaurant chic de Rosenthaler Platz, Bettina expliqua à Liv Maria que Silke était l'enfant de la dernière chance, l'enfant qu'elle et Daniel avaient conçue dans l'espoir de sauver leur couple.

— Comme si les contraintes d'un nouveau-né étaient propices au romantisme, comme si se faire réveiller six fois par nuit améliorait la qualité de la vie sexuelle. Bref, la dernière mauvaise idée qu'on ait eue ensemble. Sauf que je l'adore – Silke. Elle est très forte. Elle va faire des étincelles plus tard, à mon avis.

— Et comment va Daniel ?

— Bien, je crois. Il vit à Leipzig maintenant, avec une fille de vingt-cinq ans. Mais tu sais quoi, je m'en fous. D'abord, ils font presque tous ça, et ensuite, est-ce que c'est si dramatique de ne plus vivre avec un homme ? Qu'est-ce qui est censé me manquer, exactement ? Sérieusement, je vais très bien.

— Et tu as gardé l'appartement ? avait demandé Liv Maria.

— Mais oui ! Après tout, ce n'était pas l'appartement, le problème.

— Le nom de la rue a changé.

— *Tout* a changé, Liv Maria, avait riposté Bettina gravement. Toi et moi. La ville. Il s'est écoulé plus de vingt ans. Je n'ai plus de mari. Tu en as un. Tout a changé. Tout.

Le mur était tombé un an après son départ, et depuis la vie n'avait cessé de fourmiller. La population avait changé. L'ambiance avait changé. En se promenant avec Bettina, Liv Maria s'était sentie très perturbée – elle reconnaissait les rues, et pourtant elle ne les reconnaissait plus. Même l'odeur de la ville était différente, et s'en apercevoir lui avait aussi fait comprendre combien l'eau avait coulé sous les ponts depuis son premier amour. Jusque-là, ses souvenirs étaient restés à Berlin comme sous une cloche de verre. À présent qu'elle arpentait de nouveau les rues, elle sortait de son rêve pas après pas.

À l'époque, elle était si jeune et si inexpérimentée qu'il lui manquait absolument l'expérience permettant d'appréhender les choses, de déchiffrer les situations, d'entendre les mots qui ne sont pas dits parmi ceux qui le sont, les vrais amis derrière les masques. Elle connaissait plusieurs langues, mais toutes demeuraient pour elle aussi franches que des couleurs primaires. La notion de nuance, comme le violet, lui était encore absolument inconnue. Aujourd'hui, elle revoyait toute la situation avec ses yeux d'adulte, et elle comprenait qu'elle était passée à côté de la réalité, alors. Elle avait la sensation de voir enfin Fergus avec lucidité. La façon dont il l'avait habilement fait dévier de son chemin, le premier jour, dans la rue. La façon dont il s'était penché vers elle, dans la serre chaude. La façon dont il avait dit : *Je comprends. Interdit de toucher*.

En côtoyant la jeune Silke ces quelques jours, Liv Maria avait eu l'impression de saisir ce qu'était exactement une fille de cet âge-là. Quand elle en était une elle-même, elle ne se voyait pas. Là, tandis que Berlin la replongeait dans le passé, elle comprenait combien elle avait été jeune, à l'époque, et vulnérable, combien elle avait ignoré jusqu'à sa propre ignorance. Et que lui, Fergus, avait fait ce qu'il avait fait en connaissance de cause. Maintenant qu'elle était elle aussi une adulte, et une mère, elle ne parvenait pas à comprendre comment tout ça avait été possible – comment avait-il osé faire ça ? Quel homme digne de ce nom séduit une enfant de dix-sept ans, et lui ment ? À l'époque, elle avait été furieuse en pensant qu'il l'avait abandonnée, aujourd'hui, c'était l'idée qu'il l'avait délibérément charmée qui la troublait. Pour la première fois depuis plus de vingt ans, elle commençait à remettre en question l'idée qu'elle ait pu être sa seule incartade. La seule, vraiment ? Depuis tout ce temps, ça avait été une de ses façons de les innocenter tous les deux, de se dire que c'était sa passion singulière, unique, pour elle, qui l'avait fait chuter, mais à Berlin soudain elle avait commencé à envisager qu'il avait pu être coutumier du fait. Après tout, ils s'étaient rencontrés parce qu'elle était son étudiante – combien en avait-il eu, des étudiantes, dans sa vie ?

Elle avait eu le vertige d'un coup, en saisissant tout ça avec tant d'années de retard. Elle avait pensé à ses enfants, dormant à des milliers de kilomètres dans leurs petits lits. Elle avait inventé un mensonge pour prendre congé de Bettina, elle avait quitté la ville précipitamment.

Quelques semaines après son retour de Berlin, un vendredi soir où ils dînaient avec Liam et Rita, ils mirent les enfants en pyjama, leur lurent des histoires de crocodiles et de petits pois fugueurs, et puis, une fois les enfants bordés dans leurs petits lits à l'étage, redescendirent dans le grand salon boisé où ils fumaient à la porte-fenêtre comme des étudiants. Il y avait cinq bouteilles de vin vides sur la table, et une pleine.

— Devine qui j'ai croisé l'autre jour, au supermarché Centra de Drimoleague ? avait soudain dit Liam, avec un clin d'œil à l'adresse de Flynn. Grace !

— Quelle Grace ? avait répondu Flynn.

— La *tienne*. Ne fais pas l'innocent.

— Oh, celle-là ? Ha, ha, ha. Il y a longtemps que ça n'est plus la mienne. Grace était ma petite amie, il y a des siècles, avait expliqué Flynn en se tournant vers Liv Maria.

— C'était plus que ta petite amie, avait protesté Liam malicieusement.

— D'accord, d'accord, je vois où tu veux en venir. Grace était ma petite amie *et* la première fille avec qui j'ai couché.

— Il essaie de t'embarrasser, avait commenté Rita. Tu le connais.

— Et toi, ma belle, avec qui est-ce que tu as perdu ta virginité ? avait demandé Liam en se tournant brusquement vers Liv Maria. Nous autres qui avons pratiquement grandi ensemble, nous connaissons déjà toutes nos vieilles histoires par cœur. Et si tu nous racontais la tienne, pour changer ?

— Oh, tu perds ton temps, mon vieux, Liv Maria ne répond jamais à cette question ! avait lancé Flynn en se levant pour aller chercher les assiettes à dessert. Ça fait onze ans que j'essaie de lui faire cracher le morceau, mais rien ! Je lui ai confié mes secrets les plus honteux, mais rien de rien.

— Ah oui ? Allons, Liv Maria, avait repris Liam d'une voix caressante, à moi tu peux le dire ! Ton vieux copain Liam.

Est-ce que tu es vraiment mon vieux copain Liam, avait pensé Liv Maria, *ou est-ce que tu es simplement Liam du village ?* Elle n'arrivait pas à décider si la question était intrinsèquement trop intrusive, ou si c'était sa situation singulière à elle qui la rendait aussi compliquée.

— Je ne le dis pas, avait-elle répondu en souriant gaiement pour écarter les soupçons.

— Oh ! avait rugi Liam, oh, je suis sûr que ça cache quelque chose d'énorme ! Est-ce que c'était avec une fille ?

— Arrête, Liam, avait pouffé Rita.

— Ou avec deux garçons à la fois ? poursuivait Liam.

Liv Maria était calée dans sa chaise, et elle essayait de paraître parfaitement détendue. Flynn, qui arrivait avec le dessert, sembla la sauver des griffes de Liam. Mais quelques minutes plus tard, lorsque toutes les assiettes eurent été vidées jusqu'à la dernière brisure de pâte à tarte, celui-ci se tourna vers Liv Maria, comme si le sucre lui avait donné un regain d'énergie.

— Tu ne t'en tireras pas à si bon compte, ma belle. Alors, qu'est-ce qui s'est passé ?

— Liam, arrête.

— Certainement pas. Tu me connais. Je peux continuer pendant des heures.

— Oh oui, il le peut, avait soupiré Rita. C'est très impoli, Liam.

— Mais je n'ai jamais dit que la politesse m'intéressait, mon amour. Seule la vérité m'importe. Et je vais la découvrir.

Il rapprocha brusquement son fauteuil de celui de Liv Maria. Soudain, elle se sentit terrifiée. Elle était saoule. Elle était prise au piège.

— Est-ce que c'était quelqu'un de ta famille ?

— Liam, dit-elle faiblement.

— Je chauffe. Peut-être pas de ta famille mais quelqu'un d'interdit en tout cas.

— Qu'est-ce que c'est, quelqu'un d'interdit ? demanda Rita d'une voix qui parut un peu trop chaleureuse à Liv Maria.

— *Nous* l'ignorons, mon amour, mais Liv Maria le sait, elle. (*Oui*, pensait Liv Maria en silence. *Je le sais.*) J'en suis sûr. Quelqu'un de plus riche, peut-être ? Non, ce n'est pas ça. Quelqu'un de plus vieux ? Oui, on dirait bien que c'est quelque chose comme ça.

À ce moment-là, ses yeux avaient scruté ceux de Liv Maria, et il avait dû y lire quelque chose – peut-être pas la vérité, mais quelque chose qui l'avait fait légèrement sursauter. Replaçant son siège, il s'était exclamé d'une voix plus calme, désinvolte, en croisant les bras derrière sa tête :

— Quel mystère ! Comment est-ce que tu peux vivre depuis tout ce temps à côté de tant de mystère, Flynn, je me le demande. Qu'est-ce que vous vous racontez, tous les deux ?

— Plein de choses, dit Flynn dans un sourire, en passant un bras autour des épaules de Liv Maria.

Plus tard, couchés dans leur lit, avant de s'endormir, Flynn murmura tendrement à l'oreille de Liv Maria :

— Tu ne me le diras jamais, alors ?

— Non. Je ne te le dirai jamais.

— D'accord. Je t'aime, répondit-il d'une voix ensommeillée, tandis qu'elle restait seule dans le silence de la nuit, les yeux grands ouverts.

C'est peut-être à ce moment-là qu'elle avait pris sa décision. Quand elle s'était vue allongée à côté de son époux aimé depuis onze ans, et incapable de lui parler. Pour la première fois depuis longtemps, elle avait repensé aux soirs passés sur l'escalier de la maison de l'île quand elle était petite fille, à écouter le murmure incessant de ses parents. C'était pour elle l'essence même de l'amour – la possibilité de s'atteindre avec des mots, de s'expliquer, de se comprendre. Elle avait partagé tellement de choses avec l'homme étendu à côté d'elle – elle avait marché, pleuré, mangé avec lui, jour après jour, elle lui avait confié ses fantasmes les plus dérangeants, elle lui avait prêté ses livres, elle avait porté ses enfants. Mais à présent les phrases restaient bloquées dans sa gorge. Flynn dormait déjà, et elle avait l'impression qu'elle ne parviendrait plus jamais à trouver le repos dans ce lit, comme si elle avait mystérieusement grandi à son insu et qu'elle n'était plus adaptée à cette pièce de mobilier, à ce matelas, au fait même de cohabiter avec sa famille. Depuis plus d'une décennie, elle essayait de toutes ses forces d'être cette femme stable, cette épouse, cette mère de famille. Elle ne manquait pas de générosité, ni d'attention, elle était là et debout, elle faisait les choses, mais sous le vacarme de la vie quotidienne elle continuait d'entendre la ligne de basse de son propre cœur, de ce qui n'était qu'à elle. Il y avait déjà un an qu'elle était devenue plus vieille que sa propre mère disparue, et ce temps d'après lui semblait un sursis plein de danger. Elle ne savait pas comment vivre ces années. Il lui semblait qu'il lui manquait une guidance. Enfant, elle avait longtemps pensé que toutes les mères étaient nées sur des îles, et que tous les pères étaient arrivés en bateau. À présent, elle avait du mal à se convaincre que les mères pouvaient fêter leur quarantième anniversaire. Et quel parent être pour ses enfants, sans exemple, sans souvenir ? Elle pensait à Nora, puis à son secret à elle. À sa façon de le ruminer depuis tout ce temps, cachée dans sa librairie. Est-ce que ça avait du sens ? Ou bien est-ce que concentrer son attention sur ce péché lointain, ce péché d'ignorance, lui permettait d'oublier la réalité de sa vie, son prosaïsme, sa petitesse ? Sa façon de se raconter une histoire semblable à celles que lui lisait son père ? Elle pleurait. Elle pensait à toutes les fois où elle était partie, terrifiée, c'est vrai, mais sans un regard en arrière. Aux autres Liv Maria qu'elle avait été et que Flynn ne connaissait pas, n'avait jamais rencontrées. Qui elle avait été auparavant, ses autres visages, il n'en savait que ce qu'elle lui avait raconté. Il n'aurait pas épousé la Liv Maria qui était le bras droit et la maîtresse de Carrar, elle en était presque sûre, ni la pêcheuse timide, pas plus qu'il n'aurait été sensible au charme dur de la jeune Berlinoise qui était revenue enterrer ses parents et son enfance dans le sable gris de la dune. Il n'aurait pas eu d'enfants avec celle qui avait tenté de tenir le café quelque temps, l'année de ses dix-neuf ans, avant de faire volte-face en une nuit, descendant dans la cuisine un matin avec un petit bagage et les yeux brillants de qui n'a pas dormi du tout, partant sans dire exactement où. Ses histoires de courses de chevaux, d'élevage, projetaient dans sa tête des images cohérentes de western spaghetti, quand tout, à cette époque désagrégée de sa vie, n'avait été que sauvagerie. Et quand elle avait évoqué devant lui Frida Kahlo pour décrire sa peur de la paralysie après son accident dans le dancing, il avait probablement ajouté à tout ça la Frida fleurie des photographies, avec ses cigarettes et ses bijoux, pas celle qui saignait, gothique, sur des lits d'hôpitaux. Non. Non, il avait aimé la demi-Norvégienne souriante, mystérieuse, désœuvrée, qu'il avait découverte debout sur un escabeau dans la Librería Ivens, penchant délicatement sa tête vers lui, comme une fleur. Pour lui, elle était cette fille-là – et, pensait Liv Maria, elle l'était, en effet. Mais que faire de toutes les autres ? Comment se tenir là, dans cette vie, avec le souvenir de toutes ses autres vies contradictoires ? Que disait son père, déjà, au sujet de sa mère ? *Les chemins difficiles qui semblent être les seuls qu'elle connaisse. C'est tout.* Il y avait des choses qu'elle avait la sensation de comprendre avec le temps, et d'autres qu'elle comprenait différemment. Tout se brouillait dans sa tête. Heure après heure, elle sentait la menace qui se rapprochait d'elle, incandescente comme l'étaient aussi les forêts qui brûlaient partout dans le monde. *Je suis la fille unique du lecteur et de l'insulaire, je suis le bébé Tonnerre, l'orpheline, l'héritière, je suis la jeune maîtresse du professeur, la femme-enfant, la fille-fleur, la chica, la* huasa, *la patiente de Van Buren, la petite amie, la pièce rapportée, la traîtresse, l'épouse et la madone, la Norvégienne et la Bretonne. Je suis une mère, je suis une menteuse, je suis une fugitive, et je suis libre.* Elle ne pouvait pas rester là. Elle ne savait pas exactement pourquoi, mais elle ne pouvait pas. *Mon nom est Liv Maria Christensen. Je suis – ce que je suis.* Sur la table de chevet, elle avait tâtonné pour trouver ses bracelets. Délicatement, avec d'infinies précautions, elle avait serré Flynn dans ses bras sans un bruit. Elle s'était habillée. Avant que la maisonnée ne se réveille, elle était allée embrasser ses enfants dans leurs lits, et elle était partie.

Elle était partie sans prévenir. La femme de sa jeunesse, la mère de ses enfants. Liv Maria Christensen. Parfois, dans son bureau de la scierie, Flynn écrivait son nom sur un bloc-notes, et il le regardait, en se demandant comment et pourquoi c'était cette fille-là entre toutes qui était devenue sa femme, par quelle chance il l'avait trouvée, là-bas au Chili. Il l'avait aimée chaque jour davantage que le jour où il l'avait épousée, sur la plage d'El Paredon, comme un voleur qui ne savait pas à qui il la volait au juste. Il avait à peine vingt-cinq ans. Il se rappelait avoir pensé, ce jour-là, que c'était *ça* qu'il voulait – pas la voir s'avancer dans l'allée centrale de la cathédrale St Carthage, à Lismore, devant tous ceux qu'il connaissait, mais elle et lui en pays étranger, parce qu'il lui semblait que c'était exactement cela, un mariage – deux personnes progressant main dans la main sur un territoire qu'ils ne connaissent pas. Il l'avait aimée toutes les années d'après, avec ses bizarreries, ses mystères, parce qu'il avait la sensation d'avoir les bras grands ouverts et de pouvoir tout prendre, tout recevoir de ce qu'elle était. Incontrôlable, essayant de se contrôler. Il l'avait vue changer. Il l'avait aimée tout le temps. Il n'avait jamais pensé qu'elle partirait, même s'il sentait en elle quelque chose de secret, il croyait que ce secret le concernait lui aussi, qu'ils le partageaient même sans en parler. Il la tenait pour acquise, alors. Il avait tort.

Après son départ, il avait tergiversé longtemps. Il ignorait où elle était, mais il savait qu'elle ne reviendrait pas. Il avait bien fallu agir, et faire l'inventaire de la librairie était apparu comme une première étape, un premier pas acceptable dans la bonne direction.

Il y partait le soir, après avoir installé les garçons devant un dessin animé dans le salon avec une assiette de macaronis, il leur posait à chacun un baiser sur le sommet de la tête, il enfilait son manteau, prenait ses clés, et il s'enfonçait dans la nuit noire du jardin. Il montait dans la voiture et conduisait jusqu'à la librairie.

Il s'asseyait là, au petit bureau qui avait été le sien, il se servait un premier verre. Malgré lui, il s'imaginait que s'il existait une réponse à son départ, il se pouvait qu'il la déniche là, quelque part dans les livres et la paperasse. Il espérait une lettre, un carnet, un courrier à son adresse, qui lui expliquerait ce qu'il avait fait pour mériter ça.

Un soir à la librairie, tard dans la nuit, il avait trouvé un petit morceau de papier, plié en quatre, usé, poudreux. Dessus, il y avait un nom et une adresse écrits à l'encre bleue. Le nom était Fergus O'Shea, le prénom légendaire de son père, accolé à un nom de famille inconnu au bataillon. L'adresse était celle de la poste restante du village où il avait vécu avec ses parents et ses sœurs, il y avait plus de vingt ans. L'écriture était de la main de son père, pourtant.

Il était resté longtemps assis sur le tabouret devant le bureau, les yeux fixés sur le papier dans sa main. Quand il était rentré, à deux ou trois heures du matin, une pile de cartons pleins dans les bras, Gary dormait comme un bienheureux à l'étage, et Colm l'attendait sur les marches de l'escalier, avec ses yeux noirs et son pyjama en velours, comme une sentinelle. *Colm-les-petites-oreilles*, avait murmuré Flynn tendrement, mais tandis qu'il portait son jeune fils jusqu'à son lit, marche après marche, il retenait ses larmes.

Cinq ans après la disparition de Liv Maria, Flynn s'était rendu seul à une fête d'emménagement dans le village. Il était un peu ivre, pas beaucoup, mais ivre comme il ne l'était jamais avant et comme il l'était toujours légèrement à présent. Dérivant sans but dans le jardin où tombait la nuit étoilée, il avait soudain cru entendre une voix derrière son épaule prononcer le nom de Liv Maria, et alors malgré lui il s'était retourné, il s'était approché de ce petit groupe inconnu jusqu'à presque les frôler, et il leur avait demandé, d'une voix rauque dont il ignorait jusque-là qu'elle pouvait être la sienne :

— Vous parlez de Liv Maria Christensen ?

Les autres s'étaient interrompus, surpris. Ils ne se connaissaient pas, eux et lui. Ils devaient être de nouveaux arrivants auxquels il n'avait pas encore été présenté. Il les avait vus l'évaluer le plus vite possible, pour finalement l'estimer inoffensif. Alors seulement, l'un des quatre lui avait répondu :

— Oui, en effet. Celle qui tenait la librairie de Ballinaclogh. Vous la connaissiez ?

— Je ne sais pas, s'était-il entendu dire. C'était ma femme.

DE LA MÊME AUTRICE

Aux Éditions de l'Iconoclaste

LIV MARIA, 2020 (Folio n° 7051).
TOUCHER LA TERRE FERME, 2022.

Aux Éditions du Rouergue

BUVARD. UNE BIOGRAPHIE DE CAROLINE N. SPACEK, 2014. Prix Françoise Sagan 2014.
LE DERNIER AMOUR D'ATTILA KISS, 2016.
UNE ACTIVITÉ RESPECTABLE, 2017.
MA DÉVOTION, 2018.

Aux Éditions PUF

LE CHAOS NE PRODUIT PAS DE CHEFS-D'ŒUVRE : LES ÉCRIVAINS, LE TRAVAIL ET LA LÉGENDE, 2021.

*Tous les papiers utilisés pour les ouvrages
des collections Folio sont certifiés
et proviennent de forêts gérées durablement.*

*Composition Nord Compo
Impression Novoprint
à Barcelone, le 03 février 2022
Dépôt légal : février 2022*

ISBN 978-2-07-291425-6 / Imprimé en Espagne

371600

MICHELLE PAVER

Née au Malawi, en terre africaine, Michelle Paver a grandi et vit à Wimbledon, en Angleterre. Diplômée de l'université d'Oxford, elle a exercé la profession d'avocat et se consacre désormais pleinement à l'écriture. Après l'immense succès de ses deux précédents titres outre-Manche, *Jamaïca* est son troisième roman et le premier à être traduit en français (Belfond, 2004). Elle est également l'auteur de *L'orchidée sauvage* (Belfond, 2005). Son dernier ouvrage, *Une femme de caractère*, paraît en 2006 aux éditions Belfond.

Index des noms cités

Les chiffres en maigre indiquent les numéros des pages, ceux en gras, les numéros des reproductions des œuvres des artistes cités ou des portraits d'auteurs cités, ceux précédés de « n » renvoient aux notes (p. 311 à 332).

Improvisation XIX,
1911
(détail de la reproduction p. 210)
Wassily Kandinsky

C

D

E

N

O

P

R

S

T

U

V

W

X

Z

Achevé d'imprimé en Espagne par GRAFICAS ESTELLA, S.A
Dépôt légal Édit. : 9689 - 03 / 2001
LIBRAIRIE GÉNÉRALE FRANÇAISE : 43, quai de Grenelle - 75015 Paris
ISBN : 2 - 253 - 94289 - 8 ⓗ 42 / 4289 / 7